Impressum:

© Werner Thiel, 2004

Herstellung und Verlag:

Books on Demand GmbH, Norderstedt

Besondere Textgestaltung

auf Wunsch des Autors.

ISBN 3-8334-1047-7

Bibliographische Information:

Die Deutsche Bibliothek verzeichnet

diese Publikation in der Deutschen

Nationalbibliographie;

detaillierte bibliographische Daten sind im Internet

über http://dub.ddb.de abrufbar.

WERNER THIEL

GREVENER GRENZGÄNGE

ROMAN

Die Handlung dieses Romans
spielt in den Jahren 1802/1803.

KAPITEL 1: DIE ANKUNFT

Die aufgehende Sonne taucht das Münsterland in ein ruhiges, rötliches Licht. Sie meint es gut mit Greven. Das kleine Dorf an der Ems liegt zufrieden in der Wärme dieses Sommers. Wie an so vielen Morgen der vergangenen Tage und Wochen lächeln auch heute am Horizont im Osten ihre Strahlen und umschmeicheln den Turm der Martinuskirche. Zufrieden und übernächtigt versucht ein Hahn seine gereizten Stimmbänder zu strapazieren. Knechte, die schon ans Tagwerk gehen, achten nicht auf die leichten Staubwolken über der Chaussee im Osten, dort wo es nach Lengerich, Tecklenburg und Osnabrück geht. Mit jeder Minute steigen diese Wolken höher über den Büschen und Feldern, werden dichter und behindern die Sonnenstrahlen in ihrer Leuchtkraft. Die Geräusche im Dorf überdecken noch die näher kommenden Hufschläge der Reiter. So ruht das Dorf auf dem Felsvorsprung über der Ems ohne die kommenden Ereignisse zu kennen.

Seine Soldaten vergöttern ihn wie keinen Zweiten in der Preußischen Armee. Die Meisten seiner Untergebenen könnten seine Enkel oder Urenkel sein. Er aber braucht dieses Leben, jedes andere wäre für ihn langweilig. Von Jugend an ist er dieses Leben in der Armee gewohnt. Kein Soldat hätte es gewagt gegen ihn aufzutreten. Er ist ein echter Preuße – dem König treu ergeben. Sein jetziger Auftrag ist aber alles andere als kriegerisch. Es holt mit seinen Soldaten ein Geburtstagsgeschenk für den König von Preußen ab. Was König Friedrich II. von Preußen mit all seinen Soldaten nicht schaffte – er wird es ohne einen Schuss holen – Land, viel neues Land für Preußen.

Ein richtig kleines Königreich ist dieses Westfalen, das ehemalige Fürstbistum Münster. Er ist auf dem Weg in die Hauptstadt Münster. In Greven will er Station machen, um am nächsten Tag, am Geburtstag seines Königs, in aller Ruhe Münster zu erreichen.

General von Blücher reitet an der Spitze einer Abteilung Kavallerie über die Chaussee nach Greven hinein. Vorbei an einfachen Fachwerkhäusern – Tagelöhnerhäusern, Kötterhöfen, vorbei an Gehöften großer Bauern, vorbei an Bürgerhäusern. Blücher und seine Begleiter stoppen ihren Ritt an einer Straßengabelung. Nach Links weist ein Schild den Weg auf Münster.

„Das ist es nicht. Also nach rechts", ruft der Ordonanzoffizier und lässt den ganzen Zug in die angegebene Richtung schwenken. 'Marktstraße' weist ein Schild auf den Namen der Straße hin. Nach links kann Blücher ein stattliches Haus sehen, welches aber einen ärmlichen Eindruck macht. Es folgt der Marktplatz mit der Marktkirche im Hintergrund und repräsentative Häuser am Platz und entlang der Marktstraße.

„Wie heißt noch unser Gastgeber?" fragt er seine Ordonanz.

„Barkenstein. Wir sind hier richtig, Marktstraße. Wir müssen ein Haus mit repräsentativer Steinfassade auf der linken Seite finden."

„Und was macht dieser Barkenstein?"

„Der ist hier ein wichtiger Kaufmann mit weiten Verbindungen und auch der Dorfvorsteher", antwortet ihm ein Offizier.

„Dorfvorsteher? Mmh", grummelt Blücher in Gedanken während er sich die Häuser anschaut. „Sieht gar nicht nach einem Dorf aus, dieses Greven, könnte schon eine Stadt sein."

Vorbei am Marktplatz und den Stadthäusern reitet die Gruppe die Marktstraße entlang. Dann bleibt die Reitergruppe vor einem Haus mit einer repräsentativen Steinfassade stehen.

„Das soll es wohl sein", meint Blücher, dem in seinem Alter von über 60 Jahren nach diesem Ritt der eine und andere Knochen schmerzt.

„Stimmt Herr General!" teilt ihm ein Offizier mit. Seine Ordonanz springt vom Pferd, geht über die Stufen zur Tür und klopft deutlich an.

Kapitel 2: Barkensteins Haus

Ein deutliches Klopfgeräusch schallt durch die Eingangshalle. Es schreckt Josepha, die Magd und gute Seele im Hause Barkenstein auf. Wer kann so früh anklopfen? Lieferanten haben nicht durch die Vordertür zu kommen. Sie müssen die Küchentür benutzen. Von Grevens Honoratioren ist niemand angemeldet. Außerdem kommen die nicht so früh.

Im Hause Barkenstein hatte dieser Tag wie jeder andere begonnen. Als Erste, mit dem Krähen des Hahns, steht Josepha auf. Sie hat jetzt im Sommer eine leichtere Arbeit als im Winter. Nach einer kurzen Wäsche muss sie das Feuer im Herd anfachen. Im Winter sind zusätzlich die Öfen in Esszimmer und Flur zu versorgen. Danach holt sie Eier von den Hühnern und Milch von der Kuh im Stall. Dieser Stall ist mit Büschen hinter dem Haus etwas versteck worden. Die Tiere dienen nur für den täglichen Bedarf. Größere Mengen kauft man von den Bauern der Umgebung oder auf dem Markt. Üblich ist es, wenn der Herd die Küche wärmt, dass Sebastian, der Knecht, und etwas später Wilhelm Moostrup, der Butler des Hausherrn, kommen und ihr Essen, warme Milch sowie Reste vom Vorabend, zu sich nehmen. Jetzt im Sommer ist es etwas anders. Die frühe Helligkeit lässt die Hausbewohner eher aktiv werden. Als nächstes würde Wilhelm-August Barkenstein erscheinen, eine halbe Stunde in sein Arbeitszimmer gehen, um bei einer Tasse warmer Milch den Tag zu durchdenken.

Barkenstein ist nicht nur Grevens solventester Kaufmann, er ist auch Dorfvorsteher. Mit dem gedeckten Esstisch erscheinen dann Hermine Barkenstein, die Ehefrau von Wilhelm-August und Anton-Konrad Barkenstein, der Sohn des Hauses.

Dieser Ablauf wäre so auch heute gewesen. Aber Anton, wie man ihn nannte, ist für einige Wochen bei Hein Martens in Emden, einem Geschäftspartner seines Vaters. Im Kontor am Emdener Hafen erlernt er die Geheimnisse der Hochseeschifffahrt und des Handels über die Meere. Anton soll später das Handelsgeschäft der Barkensteins übernehmen.

Jedoch läuft auch dieser abgespeckte Tagesbeginn nicht wie üblich. Die Bediensteten im Hause Barkenstein setzten sich, wie üblich, an den Tisch in der Küche zum Essen. Auch hier herrscht eine genaue Sitzordnung. Das Kopfende gehört dem Butler Wilhelm Moostrup, ihm zur rechten Seite sitzt die Köchin Klementine Auermann und zur linken niemand, denn hier befindet sich die Tür zu den Räumen der Barkensteins, der Zugang wird deshalb frei gehalten. Neben der Köchin sitzt die Magd Josepha , nah an Herd und Vorrat, und am anderen Ende des Tisches - wenn er denn da ist - Walter Hülsbusch. Als Kutscher für Barkenstein und Bote ist er so manches mal nicht im Haus, sondern unterwegs im Auftrag seines Herren. Im gleichen Alter wie Anton Barkenstein, ist er mit ihm groß geworden. Dadurch hat er sich eine Vertrauensstellung erworben.

Während alle gerade zusammen beim Essen in der Küche sitzen, erschallt an der Eingangstür das deutliche Klopfen. Der Ton ist gebietend und läst kein Zögern zu.

„Wer das wohl sein will?" fragt Walter.

„Mir ist nicht bekannt, dass so früh heute schon jemand angemeldet ist" , meint Butler Wilhelm.

„Dann werde ich mal diesem aufdringlichen Klopfer die richtigen Umgangsformen mitteilen."

Nach dem Öffnen der Eingangstür vergisst Butler Wilhelm sofort jeden disziplinierenden Gedanken für den ungebetenen Gast. Vor Ihm steht ein Offizier in preußischer Uniform und auf der Straße wartet eine größere Gruppe Reiter. Alle Militärs schauen auf ihn.

„Womit kann ich dienen?" fällt ihm geistesgegenwärtig ein.

„Wecke er seinen Herren, seine Exzellenz, Generalissimus von Blücher, des Königs von Preußen dienstältester Heerführer, wünscht den Herrn Dorfvorsteher Wilhelm-Anton Barkenstein zu sprechen", erteilt der Offizier in militärischem Ton die Antwort.

„Sehr geehrter Herr Barkenstein, als langjähriger Militär bin ich langes Schlafen nicht gewohnt und deshalb schon so früh nach Greven aufgebrochen", erklärt sich General Blücher gegenüber Barkenstein. Die beiden Herren sitzen im Arbeitszimmer von Barkenstein. Im Esszimmer und in der Küche wird gleichzeitig den höheren Offizieren ein Essen bereitet. Die Soldaten sind in einem Hof am Rande Grevens einquartiert worden.

„Mir wurde Ihre Adresse genannt, da Sie der Vorsteher dieser Stadt Greven sind", informiert Blücher Barkenstein.

„Danke für die Blumen Herr General, aber leider ist Greven keine Stadt, sondern nur eine Gemeinde und ich deshalb auch kein Bürgermeister." Barkenstein gibt Blücher eine Tasse Kaffe und weist auf Schnitten mit Wurst und Käse belegt.

„Werter Herr Barkenstein, meine Planungen sehen so aus, dass ich erst am morgigen Tage nach Münster weiterreite, um die Provinz für Preußen offiziell zu übernehmen. Ich danke Ihnen für die Aufnahme in Ihr Haus und die schnelle Organisation der Unterbringung meiner Männer."

„Als Kaufmann muss man so manches Mal schnelle Lösungen bei Problemen finden, zumal wenn man über die Grenzen der deutschen Kleinstaaten hinweg seinen Geschäft nachgeht", erklärt Barkenstein. „Aber warum erst morgen nach Münster ... ?"

„Ja, das soll ein Geburtstagsgeschenk für den König werden. Morgen ist der Geburtstag meines Königs und an diesem Tag soll das alte Fürstbistum Münster in die Hände Preußens übernommen werden."

„Es geht somit ums Symbol, denn faktisch ist es ja schon in Preußen mit dem Friedensvertrag von Lynville. Aber wir Kaufleute hier in Greven sind damit zufrieden. Es ist für einen Händler alles andere als schön, alle paar Kilometer eine neue Grenze zu haben. Wenn ich mal nach Emden über die Ems fahre, erlebe ich das. Da ist eine große Provinz in einem großen Land für uns Händler richtiger. Die Bauern hier am Ort hadern noch mit der neuen Zeit. Für sie gab es auch Vorteile unter dem Krummstab."

„Lassen Sie es gut sein, jeder hat von dieser oder einer anderen Situation Vor- oder Nachteile. Aber Münster soll schön sein, wurde mir gesagt. Mal schauen, in welchem passabelen Haus ich unterkommen werde. Aber als Soldat bin ich nicht wählerisch."

„Das wundert mich, werter General von Blücher. In einem Alter, in dem andere schon lange mit Kindern und Enkel sich plagen, da treiben Sie noch Soldaten an."

„Wenn man dieses Leben gewohnt ist, von Jugend an, dann kann man davon nicht so einfach lassen. Sie sind es gewohnt, hier am Tisch zu sitzen, Zahlen zu schreiben und Waren versenden zu lassen. Ich bin reiten, befehlen und marschieren gewohnt. Und meine Soldaten lieben mich – ja sie lieben mich. Hinter einem Schreibtisch käme ich mir alt und abgeschoben vor. Aber mich treibt auch noch etwas anderes um – dieser Napoleon, den mag ich nicht. Der will ganz Europa und dagegen habe ich etwas. Und wenn ich noch zehn Jahre weiter reiten muss, ich will den kriegen."

Blücher hat sich bei den letzten Worten in Rage geredet. Barkenstein sieht, wie er sich aufregt. Die Niederlagen gegen die französischen Truppen haben am Ehrgefühl von Blücher deutliche Spuren hinterlassen haben.

„Aber General, Sie sind doch schon über sechzig Jahre, das kann aber noch lange dauern, bis Sie diesen Franzosen da haben, wo Sie ihn gerne sehen", antwortet mit einem Lächeln Barkenstein.

Der General achtet nicht auf die Feinheiten, sondern poltert:

„Na wenn schon, ich will den mal klein sehen und das werde ich auch." Barkenstein wechselt das Thema, da er merkt, dass Blücher auf diesem Gebiet nicht zur Ruhe kommen würde.

„Wenn Sie bis morgen früh hier bleiben werden, dann kann ich Ihnen ja Greven zeigen und den Schiffsanleger an der Ems. Aber zuvor lassen Sie sich noch ein richtiges Frühstück schmecken. Ich werde mal schellen."

„Danke Barkenstein, sie scheinen ein sehr patenter Mensch zu sein. Nach dem Essen werde ich Besprechungen mit meinen Offizieren vornehmen. Es werden im Laufe des Tages auch immer wieder Boten kommen. Ein Essen kann denn auch gut passen."

„Dafür wird die Küche schon sorgen", verspricht Barkenstein und geht voran zum Frühstück.

KAPITEL 3: GRÄFTENHOF

Die Wohnräume im Hause von Franz Schulze Große-Gronenburg können jeden Vergleich mit denen der Kaufleute im Dorf und in Münster standhalten. Modernes Mobiliar im Stil der Zeit gestalten die Räume. Der Boden besteht aus feiner Holzarbeit mit Teppichen belegt. An den Wänden feine Tapeten. Bilder zeigen Ansichten aus der Natur. Das eigene Arbeitszimmer ist sehr pragmatisch eingerichtet. Ein Schreibtisch mit Blick aus dem Fenster auf den Hof. Ein Regal und eine Sitzecke mit einem Tisch. An der Wand gegenüber dem Schreibtisch hängt ein Bild vom Gräftenhof.

Es ist ein uraltes Anwesen. Im 30jährigen Krieg hatte es sogar einem marodierenden Soldatenhaufen Widerstand geleistet. Um den eigentlichen Hof zieht sich ein Wassergraben, die Gräfte, die einen moorigen Untergrund hat und nur sehr schwer zu durchqueren ist. Somit bleibt nur der Weg über die Zugbrücke, um auf den Hof zu gelangen. Wer den Hof erreicht, ist aber nicht sicher, auch den Hausherrn und seine Familie zu fangen.

Der Wehrspeicher, ein festes Steingebäude für die trockene Lagerung von Gütern, ist gleichzeitig die letzte Rückzugsmöglichkeit für die Bewohner. Vom Haupthof ebenfalls mit einer Gräfte abgetrennt und nur über eine Zugbrücke zu erreichen. Aus Schießscharten in den Mauern ließen sich Angreifer abwehren. Zusammen mit seinen Knechten könnte Hofherr Schulze Große-Gronenburg seinen Hof schon gegen eine Räuberbande oder marodierende Soldaten verteidigen. Der Hof vom Überwasserbauer hätte auch einem der vielen Landadeligen gehören können. In Greven geht die Legende um, dass dem ersten Ahnen der Große-Gronenburgs vom Heiligen Liudger, dem ersten Bischof von Münster und Gefährten Karl des Großen, vor tausend Jahren das Land für den Hof geschenkt worden sei. Dies ließ den Stolz der Gronenburgs gewaltig schwellen. Der Schulze hat beste Kontakte nach Münster an den Dom.

Neben dem Arbeitszimmer und vom Sonntags- oder Wohnzimmer mit einer großen Doppelglastür getrennt, befindet sich das Raucherzimmer. Hier

zieht sich der Hausherr zurück, wenn er mit Freunden und guten Geschäftspartnern bei Bier oder Wein und einer guten Zigarre über Gott, die Welt und
neue Geschäfte sprechen möchte. In diesem Zimmer sitzen sich der Hausherr
und Klemens Schulze Höpling-Grotthoff in gemütlichen Sesseln gegenüber.

Beide genießen eine Zigarre aus dem feinen Bestand von Franz. Dazu steht
auf dem Tisch ein guter Wein vom Rhein und etwas Essen. Zwei erlauchte
Herren, die sich seit Jahren kennen und schätzen.

„Wo soll das noch enden? Dieser Napoleon und seine Kriege. Überall in
Europa ist der Franzose mit seinen Soldaten unterwegs. Keiner kann ihm
widerstehen. Jetzt haben auch die Preußen kapitulieren müssen", stöhnt
Höpling-Grotthoff.

„Ja, unter dem Fürstbischof war alles gut geregelt. Der Bauer hatte sein
Auskommen. Die Kaufleute konnten nicht ihre revolutionären Ideen austo-
ben. Eine seit Jahrhunderten eingespielte, von Gott gefügte Weltenteilung",
pflichtet ihm der Schulze bei.

„Was werden wohl die Preußen machen? Der Fürstbischof ist weg und was
kommt danach? Gut, wir werden auch dies überstehen, aber wenn da irgendwelche Revoluzzer kommen und diese Ideen aus Frankreich hier einführen
wollen? Die Kleinbauern werden auch schon rege und weisen auf die französischen Freiheitsrechte hin. Man könnte glauben, einige sehnten sich danach,
den Napoleon als Herrscher hier zu haben."

„Beruhige Dich, überall in den Ländern wandern versprengte Agitatoren
der französischen Ereignisse herum. Am liebsten würden die es hier so
machen wie vor Jahren dort. Die Adeligen aufknüpfen, die heilige Kirche ent-
eigenen und sich selbst an allem bereichern. Aber der Preuße wird das nicht
durchgehen lassen."

„Das beruhigt mich nur teilweise. Aufgeputschte Knechte sind schon ein
Kreuz für jeden Hof. Für unsere Schulzenhöfe besonders. Alleine kann ich den
nicht führen. Da würde ich ja sofort vor Arbeit tot umfallen!"

„Mal doch nicht alles so dunkel. Es wird sich alles wieder richten", versucht
der Überwasserbauer seinen Freund zu beruhigen.

„Bedenke, dass Du noch Deinen Sohn hast, der Dir zur Hand gehen kann."

„Ja, da hast Du recht. Das ist ein schlimmes Schicksal für Deinen Hof. Kein
Erbe und nur eine Tochter. Da müsste sich schon ein guter Schwiegersohn finden! Dieser Hof, der stellt doch etwas dar."

„Ja, ich habe natürlich auch schon darüber nachgedacht. Aber für einen solch guten Hof, da muss auch ein angemessener Bräutigam gefunden werden."

„Ja, Dich hat das Schicksal schwer gestraft. Wenn ich daran denke. Drei Söhnen hatte Deine Frau das Leben geschenkt. Ich weiß es noch sehr genau. Und der Tod holte sie alle drei. Den einen schon als Kind, beim Spiel ertrank er in der Gräfte, ein schlimmer Unfall. Den großen, der Wilhelm-Alexander, hat es auf dem Feld getroffen. Der alte Ochse trampelte ihn zu Tode. Am schlimmsten muss es dann für Dich beim Georg gewesen sein. Dein letzter Sohn und dann diese Soldatenbanditen. Wollten Ihn mitnehmen auf ihre Raubzüge. Als er nicht wollte und weglief, haben sie ihn getötet. Dabei hattest Du ihnen gutes Geld geben wollen, was sie auch zusätzlich nahmen. Schlimme Zeiten waren das." Aus einem Augenwinkel des Schulze Große-Gronenburg fließt eine Träne. Dem alten aber noch starken Mann kommen die Gefühle hoch, wenn er daran denkt.

„Erinnere mich nicht daran. Ich bin heute noch nicht darüber hinweg."

„Stimmt, nun aber genug von diesem unerfreulichen Thema", erwidert etwas unsicher Grotthof.

„Etwas freudigeres. Wie hat sich denn Deine Tochter gemacht? Ist ihr der Aufenthalt bei den Nonnen in Münster gut bekommen?"

„Ich denke schon, sie war ja schon immer ein ganz schöner Dickkopf. Aber wie mir scheint ist jetzt zu diesem noch eine gehörige Portion Wissen und Intelligenz hinzu gekommen", meint nachdenklich der Schulze.

„Aha, sie tanzt Dir weiterhin auf der Nase herum. Soll sie denn den Hof übernehmen?"

„Was bleibt mir übrig! Ich hätte ja zu gerne der Tradition gemäß den Hof an einen Sohn gegeben. Aber ...", er verstummt wegen der aufsteigenden Gefühle.

„Und wie wäre es mit dem Meinigen. Weiß ja selbst, dass er nicht der hellste ist, aber mit Deiner Tochter zusammen, das wäre doch eine sichere Sache?"

„Daran habe ich auch schon gedacht. Diese Verbindung würde den größten Hof in Greven bringen. Aber meine Tochter ist sehr eigenwillig. Und ob sie den Werner mag, na ja ...", der alte Schulze versinkt in Gedanken.

„Franz, lass es uns doch mal versuchen. Du solltest mal mit der Martina sprechen. Vielleicht ist sie ja gar nicht so abgeneigt. Du sagtest doch, dass sie sehr intelligent ist. Da wird sie doch den Argumenten mehr zugetan sein als das bei andern Frauen der Fall ist.", insistiert Klemens bei seinem Freund.

„Ja, gut, mal schauen. Da werde ich aber viel Überzeugungsarbeit leisten müssen. Mit einem einfachen *So und nicht anders* ist es bei ihr nicht gemacht", nimmt ihm der Überwasserbauer die größte Hoffnung.

„So, jetzt müssen wir aber wieder an die Arbeit."

„Ja. Noch ein Schnäpschen?"

„Also gut. Auf Dein Wohl und die Zukunft vom Überwasserhof, Franz!" sagt Klemens Höpling-Grotthoff.

Danach beschäftigt man sich mit der zu erwartenden Ernte. Die beiden Bauern vergleichen Angebote zum Verkauf von Vieh und besprechen die notwendigen Arbeiten auf ihren Höfen.

KAPITEL 4: PREUSSEN AUF DEM HOF

Das Getrappel von Pferdehufen und Gerumpel von Wagen auf der Brücke über die Gräfte erfüllen den Hof von Schulze Groß-Gronenburg mit ungewohntem Lärm. Anwesende, ob Magd oder Knecht, kommen aus den Häusern um zu sehen, was denn los ist. Auch Martina Schulze Groß-Gronenburg kann sich der Neugierde der anderen nicht entziehen. Sie erschreckt ebenfalls arg durch das, was sie sehen muss.

„Herr Vater! Herr Vater schaut doch mal!" ruft sie und geht zum Arbeitszimmer ihres Vaters.

„Was ist denn los. Martina, habe ich Dir nicht gesagt, dass Du nicht so laut rufen sollst. Wir sind doch nicht wie Knechte oder Mägde", maßregelt der alte Schulze seine Tochter im Begegnen. Er hat ein strenges Auge auf seine einzige Tochter. Nicht ohne einen geheimen Stolz sieht er, wie sie in letzter Zeit an Selbständigkeit gewonnen hat. Nicht zuletzt auf seine Entscheidung, die Tochter zu den *Lotharinger Chorfrauen* in Münster zu schicken, schreibt er diese Entwicklung zu. Über die damit einhergehenden Probleme mit dem Gehorchen auf väterliche Anweisungen sieht Große-Gronenburg hinweg. Er weiß, das er keine Wahl hat, als ihr eine gute Ausbildung zu geben, damit sie später einmal den Hof leiten kann.

Jetzt aber geht er vom Lärm und den Rufen angezogen auf den Hof, um zu schauen, was sich ereignet hat. Wie alle anderen Hofbewohner ist er von dem was er sieht nicht begeistert. Nein, etwas unwohl wird ihm schon bei diesem Anblick. Erwartet hatte er sie schon, ist aber trotzdem nicht auf diesen Besuch eingestellt. Mutig geht er auf die angekommene Gruppe zu.

Ein berittener Offizier mit zwei Husaren zu Pferd stehen mitten auf dem Hof und schauen sich suchend um. Auf zwei Wagen sitzen Lohnkutscher mit Begleitern und warten die Befehle vom Offizier ab.

„Sie sind der Herr Schulze Große-Gronenburg?" fragt der Offizier in militärischem Tonfall in Richtung auf den Schulzen.

„Wer wünscht etwas von mir zu erfahren?" fragt streng und seine

Unsicherheit überspielend Große-Gronenburg.

„Entschuldigen Sie mein unfreundliches Auftreten. Mein Name ist Von Blütow. Offizier im Stab des General von Blücher, Statthalter seiner Majestät, des Königs von Preußen, in Münster", informiert der Offizier den Schulzen.

„Sehr erfreut Sie zu sehen, Herr von Blütow. Womit kann ich Ihnen helfen?" „Mir wurde gesagt, dass Sie der Schulze im Gebiet von Greven links der Ems sind? Sie sind damit so etwas wie der Vorsteher der Bauern hier?"

„So können Sie es ausdrücken. Aber warum wollen Sie mich sprechen?"

„Äh, ja ... ", der Offizier war etwas abgelenkt. Bei seinem Blick über den Hof war ihm ein hübsche, junge Frau aufgefallen, die in einem sehr modernen Kleid in der Tür zum Haupthaus steht und interessiert in seine Richtung schaut.

So eine Schönheit auf diesem alten Hof, ja, da lässt sich doch was machen, schießt es ihm durch den Kopf.

„Sehr geehrter Herr Schulze, ich bin beauftragt worden, für die Versorgung der Truppe bei den Bauern Furage einzuholen. Ich benötige Fleisch, Kartoffeln und Mehl. Ich hoffe, Ihnen mit dieser Anforderung keine Unannehmlichkeiten zu verursachen. Sie erhalten von mir Bestätigungen über die gelieferten Waren. Damit können Sie eine Abrechnung mit der Regimentskasse vornehmen", informiert in deutlich sanfterem Ton Von Blütow den Landmann.

Oh, warum plötzlich so freundlich, denkt der alte Schulze und sagt laut, „Wir werden sehen was sich machen lässt. Ich werden den Knechten entsprechend Anweisung geben."

Der Schulze geht zu seinen Knechten und informiert sie, was jetzt zu geschehen hat. Dabei weist er sie darauf hin, erst das alte Mehl und die abgelagerten Kartoffeln einzuladen. Über diese soll auf den Wagen frischere Ware geladen werden. Während der Alte seine Anweisungen gibt, steigt der Offizier von seinem Pferd ab und schlendert scheinbar ziellos über den Hof. Wie zufällig kommt er dabei an der Eingangstür und Martina Schulze Große-Gronenburg vorbei.

„Ei, welch' schöne Rose wächst hier zwischen diesen alten Mauern. Junges Fräulein, ich bin entzückt Sie zu sehen", schmeichelt er mit einer leichten Verbeugung in ihre Richtung.

„Schönen Tag, Herr Offizier. Wieviel schöne Rosen haben Sie denn in alten Gemäuern schon gepflückt?" fragt sie direkt Von Blütow. Etwas überrascht von dieser direkten Antwort lächelt er erst einmal und spielt den wissenden

Militär. „Junge Mademoiselle, wie ich höre, seit Ihr vor uns Militärs und ihren Annäherungen gewarnt worden. Dies ist gut, denn viele meiner Kameraden nehmen es mit der Treue nicht sehr ernst."

„Aber Ihr seit ein echter preußischer Ehrenmann, Herr Offizier."

„Dies will ich meinen, junge Schöne. Wie ist denn der werte Name, wenn ich mir diese Frage erlauben darf", raspelt der Offizier Süßholz in größeren Mengen.

„Martina ist derselbe. Und die Tochter vom Schulzen Große-Gronenburg bin ich! Wenn Ihr etwas machen wollt, was ihm nicht gefällt, so werdet Ihr die Folgen zu tragen haben."

„Oho, so unfreundlich bin ich, dass Ihr gleich an ganz böse Geschichten glaubt und mir mit Drohungen kommt?"

„Es ist wohl das Einzige, was die Herren beim Militär verstehen, wenn ihnen die Folgen ihres Handelns sofort vor Augen stehen", gibt Martina zurück.

„So, Herr von Blütow, damit habe ich Ihnen die gewünschten Materialien auf die Wagen gegeben", sagt der Schulze, nachdem die Wagen beladen sind.

„Das ist schön, Herr Schulze. Dann erhalten sie eine Quittung und einen Auszahlungsschein für die Regimentskasse."

„Kommen Sie mit in mein Arbeitszimmer für den Papierkram", lädt der Schulze den Offizier in sein Haus ein. Am Arbeitstisch füllt Von Blütow die Quittung und den Auszahlungsschein für die gelieferten Waren aus.

„Ihr habt ja ein ganz feines Töchterlein, Herr Große-Gronenburg und gar nicht auf den Mund gefallen", meint Von Blütow.

„Da habt Ihr schon recht. Ein guter Bauernsohn wäre aber für den Hof besser als eine einzelne Tochter als Erbe. Das gibt viel Kopfzerbrechen für die Zukunft."

„Ah, Ihr sucht einen Nachfolger für den Hof. Ein schönes Anwesen. Viel Land und Vieh! Bin selbst in Brandenburg auf dem Hof meines Onkels aufgewachsen. Viel Land, Vieh und Gesinde. Bauernarbeit ist ehrliche Arbeit."

„Danke Herr von Blütow. Scheinen ein Interesse am Bauernstand zu haben?"

„Könnte mir schon gefallen, einen guten, großen Hof zu leiten und führen. Der Ihre kann sich mit so manchem Adelssitz messen lassen."

„Wer weiß wo Sie das Kriegshandwerk noch hinbringt und wo Sie dann Ihr Glück machen?"

„Ja, da haben Sie schon recht. Einen Ausflug ins Westfälische war nicht vorgesehen und jetzt bin ich hier. Aber genug davon, meine Kameraden warten auf Verpflegung. Ich muss zurück nach Münster." Der Offizier geht auf den Hof, besteigt sein Pferd, gibt Befehle und sofort setzt sich die kleine Kolonne in Richtung Ems und Münster in Begegnung.

Mit einem interessiert nachdenklichen Blick verfolgt der alte Schulze die Abfahrt. So, so, ein Adeliger mit Interesse am Bauernstand, denkt er bei sich und schaut zu seiner Tochter hinüber.

Kapitel 5: Am Schiffsanleger

Die Sonne steht fast senkrecht über Greven. Die Luft flimmert über den Wegen und zwischen den Häusern vor Hitze. Tiere und Menschen flüchten vor der Hitze an schattige Plätze. Alles stöhnt unter den hohen Temperaturen. Nur Grevens Kinder finden es toll, auch wenn sie eigentlich bei der Feldarbeit helfen müssten, sich mit Freunden an der Ems zu treffen und im Wasser zu spielen.

Einer der wenigen Orte, an denen auch in dieser Hitze gearbeitet wird, ist der Schiffsanleger an der Neuen Emsbrücke. Die Brücke gibt es seit ungefähr 30 Jahren. Sie wurde errichtet, um den Weg nach Münster zu erleichtern, da jetzt auch bei hohem Wasserstand die Wagen mit Waren fahren können. Weil die Brücke an der ehemaligen Burg Schöneflieth deutlich älter ist, hat sich der Name *Neue Brücke* für die am Schiffsanleger eingebürgert. Dieser Schiffsanleger ist ein wichtiger Wirtschaftsfaktor für das Dorf. Es ist der letzte Handelsplatz auf dem schiffbaren Teil der Ems. Hier werden alle Waren für Münster angelandet. Mittels Flachboten, sogenannten Pünten, kommen die Waren aus dem Emsland und Emden. In Emden erfolgt das Umladen von den hochseetüchtigen Segelschiffen der großen Warenkontore. Die Pünten werden dann von Pferden oder Ochsen flussaufwärts gezogen. Ein vorhandenes Segel kann nur selten, bei richtiger Windrichtung, die Arbeit der Treideltiere unterstützen. Diese kleine Hafenanlage hat Greven wohlhabend gemacht.

Auch heute herrscht trotz Hitze viel Leben in den Lagerhäusern und am Schiffssteg.

„Macht schon, ich habe meine Zeit nicht zu verschenken!" ruft ein Bootsführer den Lagerarbeitern zu. Sie tragen Ballen und Kisten von einer Pünte in das Lagerhaus eines Kaufmanns.

„Reg' Dich nicht so auf! Du kommst noch früh genug weiter!" schallt es von den Arbeitern zurück.

Von der Emsbrücke kommt Walter Hülsbusch den Weg zum Anleger herunter. Der Weg ist hier befestigt, damit die Wagen nicht in die Uferböschung einbrechen. Im Lagerhaus der Barkensteins trifft er auf einige Lagerarbeiter.

„Ist die Pünte von Jupp schon abgefahren?"

„Woll, Walter, so vor einer Stunde, als die Turmuhr Mittag schlug."

„Dann ist er aber spät weggekommen. Wird es heute nicht mehr schaffen. Dürfte dem Barkenstein nicht gefallen."

„Jupp ist gut mit dem Schiff. Er weiß die Sandbänke und Schnellen gut zu nehmen."

„Das stimmt, aber er soll doch bis Emden fahren und da ist es gut, den ersten Tag weit zu kommen." Walter ist klar, dass bei der Flussschifffahrt nicht die Stunde zählt, sondern das sichere Ankommen am Ziel. Zu schnell können gefährliche Wasserstellen einem der Schiffe zur Gefahr werden.

„Ah, Ihr habt Bier kühl gestellt. Gebt mir auch einen Schluck."

„Bitt' schön der Herr", meint einer der Arbeiter beim Anreichen.

„Oh, wir haben heute unseren vornehmen Tag. Oder ist Dir die Sonne in's Hirn gefahren?" gibt Walter zurück.

„Nah, tu doch nicht so. Du wohnst doch bei den Herrschaften, bist dick mit dem Barkenstein. Wenn das so weiter geht, wirst Du noch abheben und selbst ein kleiner Herr."

„So'n quatsch! Außerdem, dass wisst Ihr doch genau, wohne ich im Stall über den Pferden? Ihr Neidlinge. Prösterchen!"

Walter weiß um den kleinen Neid der Arbeiter. Sie kennen sich seit Jahren, einige seit der Jugend, aber nur er hat diese besondere Position erreichen können.

Es war auch etwas einem Zufall zu verdanken. Mit 8 Jahren traf er Anton Barkenstein wie dieser aus dem elterlichen Haus ausgebrochen war und allein die Gegend um Greven untersuchte. Den ganzen Nachmittag hatten sie dann gespielt und dabei die Zeit völlig vergessen. Dann ging die Sonne unter. Anton geriet in Panik, da er den Weg nach Hause nicht mehr wusste. Walter begleitete ihn dann bis zum Haus der Barkensteins.

Danach trafen sie sich öfter, auch wenn das den Barkensteins nicht gefiel. Irgendwann nahm ihn Anton auch mal nach Hause mit. Dabei sah er den großen Unterschied zwischen seinem Zuhause und dem von Anton. Mit der Zeit gewöhnte sich der Haushalt an seinen nicht standesgemäßen Freund.

Als Anton dann Schulunterricht erhielt und dazu auch in Münster weilte, nahm sich der alte Barkenstein Walter an. Die Grundbegriffe des Lesens, Schreibens und Rechnens wurden Anton beigebracht. Besonders hatte er aber ein Händchen für die Pferde der Barkensteins.

Da der eigene Kutscher schon älter war, stellte Barkenstein ihn als

Jungkutscher ein. Seit dieser Zeit wohnt er beim Haus. Barkenstein nutzt ihn auch für Aufträge, wenn z.B. Erledigungen in Münster zu tätigen sind. Dafür erhielt er einen guten Rock mit dickem Mantel, damit er auch bei schlechtem Wetter fahren kann. So lernte er die Stadt Münster sowie einige Kunden und Geschäftspartner von Barkenstein kennen. Diese Sonderstellung ließ auch Neid aufkommen.

Der Sohn eines Kötters in Abhängigkeit zum Überwasserbauern Schulze Große-Gronenburg steigt auf zum Kurier des wichtigsten Bürgers der Gemeinde. Mit Anton unterhält er weiterhin einen freundschaftlichen Kontakt. Dabei weiß er aber, dass er nicht zu intim werden darf. Er spricht Anton weiterhin mit *Sie* und dieser spricht ihn mit dem Vornamen an.

Jetzt sitzt er mit den anderen Arbeitern am Schiffsanleger und spricht über dies und das und die Welt insgesamt.

„Die Franzosen werden sich noch die ganze Welt holen. Mit ihrem Napoleon kann die doch keiner aufhalten. Selbst die Preußen konnten das gemeinsam mit den Österreichern nicht schaffen", lässt sich einer der Runde vernehmen.

„Nur die Engländer mit ihren Schiffen haben keine Angst vor dem Franzosen", meint ein anderer. „Aber auf dem Land, hier, da können auch die nichts gegen die Franzosen machen", erklärt ein dritter.

„Ach je, in jeder freien Minute nur dies eine Thema, das ist doch weit weg. Jetzt sind die Preußen hier in Greven und in Münster. Was wir wohl von denen zu erwarten haben?" mischt sich Walter ein.

„Jetzt bleibt mir doch mal mit diesen ganzen Weltgeschichten vom Leib. Ich möchte wissen, was es zum großen Markt gibt? Weiß da einer was?" wirft ein weiterer Arbeiter ein.

Mit dem großen Markt meint er den Lambertusmarkt, der jedes Jahr Ende August stattfindet. Dabei handelt es sich um einen wichtigen regionalen Markt in Greven, dessen Anfänge schon Jahrhunderte zurück liegen.

„Ich weiß es nicht, aber es wird bestimmt wieder gut werden, wenn viel Volk in Greven ist und überall gefeiert wird", erklärt Walter seine Vorfreude auf das große Ereignis.

„Hauptsache der Napoleon macht uns keinen Strich durch die Rechnung!"

„Jetzt hör' aber endlich auf mit Deinem Napoleon. Wenn man vom Teufel redet, dann kommt er am Ende noch."

„Also los jetzt, aufgestanden! Wir müssen noch was schaffen!"

„Viel Spaß dabei", ruft Walter und geht zurück in Richtung Greven.

KAPITEL 6: DER FREMDE

Rauch steigt auf vom offenen Kamin in den Schankraum. Dieser mischt sich mit dem Geruch von verschwitzten Hemden und Jacken. Über diesem würzig abgestandenen Gemisch, liegt der Duft von frisch gebrautem Bier, Küchendämpfen und dem Rauch aus Pfeifen und Zigarren. Kurz: der Nebel von London hätte nicht dichter sein können, aber dieses Gemisch roch heimeliger und gemütlicher als Londons nasskalter Nebel, von dem die Anwesenden wohl noch nie etwas gehört haben dürften.

Die Luft im *Goldenen Reh* ist wie an jedem Abend. Der Rauch und der Tabakqualm lassen die Sicht durch den gut gefüllten Raum verschleiern. Aber nicht wenige der Anwesenden hat schon der Biergenuss dieselbe genug getrübt. Die Stimmen an den Tischen und der Theke gehen durcheinander. Dort sitzen Großbauern und beschäftigen sich mit dem Wetter, der zu erwartenden Ernte und den vermutlichen Preisen. Aber auch die politische Lage, die Vorteile im untergegangenen Fürstbistum und die Zukunft mit den Preußischen Herrschern sind Themen.

An der Theke und in den freien Ecken stehen Kleinbauern, Knechte und Tagelöhner zusammen. Auch dort findet die neue Situation unter den Preußen ihren Niederschlag in den Gesprächen. Hinzu kommen die unsichere Lage durch die Franzosen und die Kriege von Napoleon.

Um einem Tisch in vornehmer Distanz zu den anderen Tischen sitzen einige Grevener Kaufleute. Sie besprechen die geschäftlichen Entwicklungen und die Zukunft der Grevener Kirmes und des Marktes. Nach dem Bedeutungswechsel Münsters von der Hauptstadt des Fürstbistums zur Verwaltungsstadt in der Preußischen Provinz Westfalen, ist die Befürchtung groß, dass Greven seine Stellung als Handelsplatz und Hafengemeinde verlieren könnte. Niemand fällt in diesem dichten Gedränge und bei der Lautstärke ein neuer Gast in der Schankstube auf.

Ruhig hatte die Gestalt die schwere, hölzerne und mit Eisen verstärkte Tür zum Schankraum geöffnet und ohne großen Lärm geschlossen. Am Tresen bestellte der Mann ein kleines Bier, suchte sich einen Sitzplatz an einem Tisch am äußersten Ende des Raumes und trinkt jetzt ruhig den Gerstensaft. Von seinem Platz aus beobachtet er mit wachen Augen das Treiben in der

Schankstube. Er merkt sich den Unterschied zwischen den Kaufleuten, Großbauern, Bauern und Knechten. Dabei hört er aufmerksam den Themen und Inhalten der Gespräche zu. Ab und zu kommt eine Magd aus einem der Stadthäuser in die Schankstube und holt für die Herrschaften in einem Bullenkopp, einem großen, bauchigen Tonkrug, Bier. Dabei werden von den Knechten und Jungleuten Witze und freundliche Neckereien in Richtung der Magd gerissen. Je nach Statur antwortet diese mit derbem Witz oder schweigendem Wegschauen. Der Gast an seinem Tisch besieht sich die ganze männliche Dorfgesellschaft während er sein Essen einnimmt.

Das *Goldene Reh* ist so etwas wie das 'erste Haus' am Platze. Direkt unterhalb der Kirche gelegen, ist es ein Treffpunkt für viele aus dem Dorf Greven und so manchem aus den Bauernschaften. Am Sonntag, nach der Messe, wird es zu einem Zentrum für Kontakte der Bauern und Bürger aus den Bauernschaften. Ein Marktplatz für Neuigkeiten, Gerüchte und Vermutungen. Aber auch Handfesteres gibt es in den Räumen vom *Goldenen Reh* zu beraten und entscheiden. So manche Hochzeit zwischen Bauernfamilien nahmen hier ihren Anfang. Am Sonntag gibt es im Saal Essen für die Männer, Frauen und Kinder aus den Bauernschaften und Siedlungen außerhalb des Dorfes.

An diesem Abend ist in vielen Gesprächen die unsichere Zukunft das Thema und was die Preußen wohl von den Bewohnern wollen. Nahrung und Geld für ihre Kriege, oder gar die Söhne für die Armee? Katholische Soldaten in der Armee eines lutherischen Staates – ist denn so etwas überhaupt möglich? Was würde der Bischof und die Kirche dazu sagen? Wer wollte schon für die Evangelischen Gesundheit und Leben einsetzen?

Beim Fürstbischof war das anders. Der hatte keine Kriege geführt. Seine Soldaten kaufte er sich als Söldner ein und die Bürger zahlten dafür Steuern. Dieses ruhige Leben, ohne die Gefahren eines Krieges, dürfte demnächst vorbei sein. Aussichten, welche die Männer des Dorfes und der Bauernschaften verunsichern. All′ diesen Reden hört der schweigsame, ruhige Mann in überwiegend schwarzer Kleidung mit Interesse aber ohne dieses zu zeigen.

Wer ihn nach seinem Woher und Wohin fragt, erhält freundlich aber sehr kurz eine Antwort. Nach zwei Stunden steht er auf, bezahlt am Tresen und verläst den Schankraum. So richtig hatte sich auch niemand der Anwesenden für diesen Fremden interessiert.

Kapitel 7: Anton-Konrad Barkenstein

Anton Konrad Barkenstein ist der einzige Sohn der Grevener Kaufmannsfamilie Barkenstein. Insgesamt wurden den Barkensteins drei Kinder geboren. Nicht sehr viel Kinder in einer Familie im ausgehenden 18. Jahrhundert. Sechs, sieben und mehr Kinder bildeten eine Sicherheit der Eltern für das eigene Alter. In den bäuerlichen Familien waren sie Arbeitskräfte auf dem Feld und im Stall. Trotz medizinischer Untersuchungen und dem Heranziehen renommierter Ärzte aus Münster hatte es nur Anton-Konrad über die Kinderzeit hinaus geschafft. Er ist zu einem aufgeweckten, gesunden, jungen Mann von 19 Jahren herangewachsen. Sein Vater ist stolz auf ihn, was dieser aber nicht so deutlich ausdrückt. Das elterliche Handelsgeschäft zu übernehmen und auszubauen, sahen die väterlichen Planungen für ihn vor. Dem Willen des Vaters hatte ein Sohn zu folgen. Deshalb unterrichteten ihn vom dritten Lebensjahr an Privatlehrer. Später schlug er sich im Gymnasium Paulinum zu Münster mit den Geheimnissen der Mathematik und den alten Fächern der Theologie und Rhetorik sowie neuer Fächer wie der Naturwissenschaft herum. Dafür erlebte er die große fürstbischöfliche Herrschaftsstadt Münster mit seinen Steinhäusern, Adelshöfen und den Kirchen.

Viele Gebäude aus Stein waren noch neu. Nach dem Vorbild des Stadtschlosses des Bischofs, errichtete sie der Baumeister Johann Conrad Schlaun. Jeder Adelige wollte es dem Herrscher nach machen. Die Farbgebung aus rotem Klinker und gelbem Sandstein war modern und beliebt. Selbst wohlhabende Kaufleute versuchten zumindest die Fassade ihrer Häuser dieser neuen Mode entsprechend zu gestalten.

Nachdem für Anton Barkenstein die Zeit auf dem Gymnasium endete, nahm ihn sein Vater in den eigenen Betrieb auf und brachte ihm die kaufmännischen Geheimnisse bei. Hier lernte er sehr schnell, was notwendig war. Waren und Güter aus dem Ausland und fernen Gebieten stachelten sein Interesse zusätzlich an. In seiner Phantasie stellte er sich die abenteuerlichen Wege vor, welche die Waren genommen hatten, bis sie in Greven ankommen waren. Richtig aus dem Häuschen war er auch deshalb, als ihm sein Vater den

Wunsch mitteilte, ihn zu seinem Geschäftspartner Hein Martens nach Emden zu schicken.

Das Kontor Martens in Emden war seit langem geschäftlich mit Barkenstein in Greven verbunden. In den Unterlagen seines Vaters hatte Anton viele Lieferscheine, Belege und Briefe von Martens und seinen Mitarbeitern gelesen. Martens lieferte besonders Waren aus Übersee an Barkenstein. Namen und Adressen aus Amsterdam und London fanden sich in den Unterlagen zur Passage durch die Grenzen der deutschen Länder. Im Kontor von Martens erlernte er in den vergangenen Wochen alles Wichtige für das Handelsgeschäft.

Wirklicher Höhepunkt für Anton während seiner Zeit in Emden war der Hafen. Durch den Zugang zum Meer über die Ems und das Dollartbecken konnten auch hochseetaugliche Schiffe Emden erreichen. Jede freie Minute ging er im Hafen herum. Er sah sich die unterschiedlichen Schiffe an, sprach mit Seeleuten, Hafenarbeitern und Schiffshandwerkern wie Zimmerleuten.

Alles war neu und hoch interessant für ihn. Schon bald konnte er die einzelnen Schiffe unterscheiden. Seine heimatliche Emspünte war doch recht klein im Vergleich zu einem zwei- oder dreimastigen Hochseeschiff. Einmal kam ein Kriegsschiff aus Hamburg in den Hafen. Mit den Kanonen auf und unter Deck war es sehr gefährlich. Aber, so wurde ihm von einem Matrosen des Schiffs gesagt, die Schiffe der Engländer seien noch viel größer und stärker bewaffnet. Auch lernte er viele Kniffe und Arbeitsweisen der Zimmerleute und Matrosen kennen. Sein bisschen Englisch, welches er auf Anweisung seines Vater erlernen musste, schulte und vertiefte er hier im Hafen. Dabei erlernte er auch Begriffe, die seinem Vater und noch weniger seiner Mutter gefallen dürften.

Eines Tages rief ihn Martens in sein Büro. Wie immer saß er hinter dem mit vielen Papieren belegten Schreibtisch und blickte ihn direkt an.

„Ja, Anton, jetzt bist Du schon vier Monate hier in Emden. Was ich sehen und von den Mitarbeitern im Kontor erfahren konnte ist sehr schön. Du hast schneller als meine eigenen Söhne das gelernt, was man in einem Kontor für den Handel wissen muss."

„Danke, Herr Martens. Es hat mir auch großen Spaß gemacht. Hier ist alles größer als in Greven. Nur Münster kann da mithalten. Aber der Hafen übertrifft doch alles."

„Ja, der Hafen. Anton, auch da scheinst Du sehr viel Neues erlernt zu haben. Ich hoffe dieses wird mir der Herr Vater nicht negativ anmerken."

„Warum denn das? Ich habe doch vieles erfahren, was mir beim Geschäft in Greven helfen kann. Schiffsarten, Schiffesverbindungen, Hafenstädte in anderen Ländern und vieles mehr." „Ja, dieses 'vieles mehr' macht mir Kopfzerbrechen. Wenn Du dieses bei Deinem Vater zu sehr nutzt, glaube ich kaum, dass er es nochmals mit einem Aufenthalt außerhalb Grevens probieren wird."

„Ich muss nicht alles, was ich erfahren habe, meinem Herrn Vater aufzeigen. Ein kluger Kopf prahlt nicht mit seinem ganzen Wissen", antwortet Anton auf Martens Befürchtungen.

„Das solltest Du beherzigen und nicht auch noch die unterste Kneipengeschichte zum Besten geben. Aber dies ist nicht der Grund für dieses Gespräch. Der Herr Vater fragt mich, wie es mit einer Rückkehr nach Greven steht. Er ist wohl der Meinung, dass Du zum Lambertusmarkt, Ende August, wieder in Greven weilen solltest", gibt Martens den Gesprächsgrund an.

„Das würde bedeuten, dass ich in den nächsten Tagen mich auf den Weg machen muss?" fragt Anton seinen Lehrherren.

„Übermorgen wird eine meiner Pünten die Ems hinauf fahren. Sie soll Waren für den Lambertusmarkt und Münster mitnehmen. Da könntest Du mitfahren und würdest pünktlich wieder bei den Eltern sein", meint Martens.

„Ich wäre gerne noch etwas länger geblieben. Aber die Zukunft bietet bestimmt Möglichkeiten um Sie und Emden erneut zu besuchen", ergibt sich Anton in sein Schicksal.

Kapitel 8: Heimkehr

In der untergehenden Sonne leuchtet der Turm der Sankt Martinuskirche in vielen Rottönen. Auch auf den Dächern der Häuser von Greven spiegelt sich das Sonnenlicht. Durch die Sonnenstrahlen hat alles ein ruhiges, friedliches Aussehen. Ein kleiner Ort im August des Jahres 1802. Die Pünte von Martens mit Anton Barkenstein an Bord fährt auf den Anleger vor der neuen Brücke über die Ems zu. Fleißige Hände der Lagerarbeiter zurren das Schiff mit seinen wertvollen Gütern fest.

Die Arbeiter nehmen die Waren vom Schiff und tragen sie ins Lagergebäude des Kaufmanns Barkenstein. Anton verlässt den Kahn, tritt auf den Steg und geht die Böschung zur Straße nach Westen, nach Altenberge oder Nordwalde hinauf. Trotz der Abendstunde nutzen noch Kutschen und Fußgänger die Brücke über die Ems. Sie wurde vor einigen Jahrzehnten errichtet, um den Emsübergang für die Fuhrwerke von der Anlandung zu erleichtern. Aber auch Reisende und Warenlieferanten aus dem Gebiet westlich der Ems nutzen die Brücke gerne auf dem Weg nach Münster oder in Richtung Norden und Osten. Immerhin gibt es die nächste Emsbrücke erst im weit entfernten Rheine. Anton überquert auf der Brücke die Ems und folgt der Emsstraße hinauf ins Dorf. Kurz nach der Brücke stehen die ersten Fachwerkhäuser und Lagerschuppen.

Trotz der Hochwassergefahr haben sich hier Tagelöhner, Lagerarbeiter und kleine Handwerker angesiedelt. Anton folgt der Emsstraße. Nach einer Häuserreihe schwenkt der Weg nach links. Da eine Bebauung auf der Emsseite der Straße fehlt, kann er einen Blick über die feuchte Flussniederung werfen. Wegen des geringen Gefälles hat der Fluss sein Bett in großen Schleifen in den Boden eingewaschen. Die feuchte Niederung zur Ems hin wird als Wiese für das Vieh genutzt. In der warmen Sommersonne legen Grevens Hausfrauen nach dem Waschen die Wäsche zum Trocknen gerne auf die weiten Wiesenflächen. Aber Anton hat hierfür nicht den rechten Blick. Er ist zu oft schon diesen Weg zwischen seinem Elternhaus und dem Hafen entlang gegangen. Deshalb bemerkt er auch nicht den leichten Anstieg der Emsstraße und die dichte beidseitige Bebauung in diesem Bereich des Dorfes Greven.

Nach einigen Metern biegt er scharf nach links in die Bergstraße ein.

Jetzt spürt auch er die deutliche Steigung des Weges. Diese Steigung markiert das Ende der Emsniederung. Auf der sicheren Hochebene siedeln seit Jahrhunderten Menschen. Vor sich die saftigen Wiesen in der Emsniederung und der Fluss mit seinem Nahrungsangebot, hinter sich die Hochebene als Ackerland. Hier haben sich auch die begüterten Bürger Grevens ihre repräsentativen Häuser errichtet. Entlang der Markt und Münsterstraße zeugen die Gebäude vom Wohlstand ihrer Bewohner. Am oberen Ende der Bergstraße biegt Anton nach Norden in die Marktstraße ein und erreicht nach wenigen Metern sein Elternhaus.

Ohne anzuklopfen öffnet er die Haustür und steht im Empfangsraum des Hauses Barkenstein. Er schließt die Augen und lässt die Geräusche auf sich wirken. Seine Eltern haben das Abendessen eingenommen und sich in den Salon zurück gezogen. In der Küche klappern noch Schüsseln und Besteck. Dabei unterhalten sich die Angestellten über die Ereignisse des Tages. Hinter dem Haus, auf dem Hof, hat Walter Hülsbusch das Sagen. Wie es sich anhört, muss er noch einem der Pferde richtiges Benehmen beibringen. Dabei achtete er nicht so sehr auf seine Lautstärke.

Mit leisen Schritten geht Anton auf die Salontür zu und öffnet sie vorsichtig. Sein Vater sitzt in seinem Sessel und ließt in der Zeitung. Mutter spielt etwas auf dem Cembalo.

„Ja , hallo, wer ist denn da so still und leise gekommen?" ruft sein Vater in seiner Überraschung.

„Anton, ohne jede Vorwarnung kommst Du durch die Tür. Willst Du Deiner alten Mutter einen Schrecken einjagen?" lässt seine Mutter ihr Spiel abrupt enden.

„Einen gottgesegneten Abend und beste Grüße von Hein Martens aus Emden", sagt Anton.

„Anton, Du bist den ganzen Tag gefahren. Hast Du Hunger? Ich lasse sofort etwas machen! Vorher erfrische Dich und ziehe Dir andere Wäsche an." Mutter Barkenstein findet schnell wieder die üblichen häuslichen Bahnen.

„Nah, nah, Frau! Wir haben hier einen weitgereisten Herren vor uns. Der wird uns doch einiges zu erzählen haben. Setz Dich und berichte", widerspricht der alte Barkenstein.

Nachdem seine Mutter ihrem Mann die Bedeutung von Ernährung und

Sauberkeit in Bezug auf die Gesundheit erklärt hat, geht Anton auf sein Zimmer, wäscht sich und zieht neue Kleidung an. Danach kommt er in den Salon zurück und läst sich das heimische Essen schmecken.

„Habt ihr schon mal Schiffe gesehen mit Masten so hoch wie der Kirchturm Sankt Martinus?" fragt er in die Runde.

Nachdem die Nachricht von seiner Rückkehr im Hause herum war, wollen alle den 'verlorenen Sohn' begrüßen. Im Raum sind darum auch Walter Hülsbusch und Butler Wilhelm anwesend. Der eine als langjähriger Jugendfreund von Anton, der andere um mögliche Wünsche erfüllen zu können. Heimliche Lauscher werden von den Anwesenden geduldet.

„Nein, so groß? Geht das überhaupt? Ich habe aber schon mal so etwas auf Bildern gesehen", bemerkt Walter.

„Bei meinem letzten Besuch bei Herrn Martens hat er mir den Hafen gezeigt. Da sah ich große Schiffe", erklärt der alte Barkenstein.

„Wir haben ein Buch über die Schifffahrt mit Bildern von großen Schiffen. Das ist natürlich kein Vergleich mit der Realität wie Du sie gesehen hast", meldet sich Antons Mutter.

Anton erzählt an diesem Abend viel über seinen Aufenthalt in Emden. Über das Kontor Martens, seine Arbeit dort, seine Ausflüge in den Hafen und das Umland, seine Gespräche mit Matrosen und Fischern. Er berichtet von seinem neu hinzugewonnenen Wissen über Schiffe, Handelsrouten und Häfen.

„Ich wäre ja gerne mal nach Amsterdam gefahren. Der Martens hat ein Schiff, das regelmäßig in diese große Hafenstadt in Batavien fährt. Leider wollte er nicht. Er habe Ihnen, Vater, ein Ehrenwort gegeben, mich nicht zu gefährden", Antons Stimme ließ die Enttäuschung durchklingen.

„Da hat der Hein Martens genau richtig gehandelt. Das hätte ich auch nicht gewollt. Du solltest für den Handel in der Firma lernen und nicht in der Welt herumreisen", lässt der alte Barkenstein seine Meinung deutlich hören.

„Herr Barkenstein, in der großen Stadt hätte Ihr Herr Sohn aber auch neue Kontakte zu Handelshäusern knüpfen können. Wer hat schon aus Greven oder Münster einen Kontakt nach Amsterdam oder gar London?" versucht sich Walter Hülsbusch in besänftigenden Worten.

„Kontakt nach Amsterdam habe ich über das Kontor Van Bowden. Walter, sofern Du Dich weiterhin gut bewährst und schnell lernst, würde ich lieber Dich hinsenden. Aber mein einziger Sohn auf eine solch´ gefährliche Reise? Wer soll dann das Geschäft übernehmen?" ließ Barkenstein seine Befürchtungen anklingen.

„Jetzt beruhigt Euch doch erst einmal. Das ist doch hier und jetzt gar kein Thema um sich aufzuregen! Was gibt es denn zur Kirmes und zum Lambertusmarkt Neues zu berichten? Es sind ja nur noch einige Tage bis dahin ... " sorgt Frau Barkenstein für Beruhigung und ein anderes Thema.

Kapitel 9: Familiengespräch

„Martina!" Franz Schulze Große-Groneneburg steht am offenen Fenster und ruft auf den Hof hinaus. Er weiß nicht genau, wo sich seine Tochter befindet. Wahrscheinlich liegt sie irgendwo im Gras oder spielt mit Marele Muhle, ihrer Bediensteten und Freundin. Die beiden kennen sich seit früher Jugend und sind ziemlich unzertrennlich, wenn Martina in Greven ist. Erst seitdem Martina in Münster bei den *französischen Nonnen*, wie die Lotharinger Chorfrauen allgemein genannt werden, ist, hat sich die Beziehung etwas abgekühlt. Aber jetzt, in den Wochen während derer sie auf dem Hof ist, stecken beide immer mit den Köpfen zusammen und unternehmen vieles miteinander.

Wie er vermutet hat, kommen die beiden jungen Damen um eine Hausecke und schauen in seine Richtung.

„Martina, komm mal in mein Arbeitszimmer. Ich muss etwas mit Dir bereden." Wie soll er es nur vorsichtig anfangen? Er ist kein Diplomat der feinen Schule. Also mal mit einem unbefangenen Thema beginnen.

Nachdem sich Martina im Zimmer in einem der Sessel niedergelassen hat, räuspert er sich und beginnt zu sprechen.

„Also, Du bist ja schon einige Jahre bei den Nonnen in Münster. Wie gefällt Dir denn so der Unterricht?" stellt er eine unbefangene Frage. Martina weiß sofort, dass es um etwas mehr als nur den Unterricht bei den Nonnen geht. Immer wenn dieses Räuspern vor seinen Reden ist, hat ihr Vater eine ernste Sache zu besprechen. Ganz diplomatisch gibt sie eine unverfänglich Antwort.

„Herr Vater, es gefällt mir sehr gut. Ich habe viel gelernt über den Glauben, Gottes Welt und die Dinge, die zum Lebe wichtig sind. Und es gibt noch viel Neues zu lernen."

„Das ist schön. Wie sind denn die anderen Damen, die mit Dir lernen?"

„Die sind ganz schön hochnäsig. Eigentlich wollten sie mich nicht dabei haben. Diese von und zu, auf und nieder glauben, ich sei nicht standesgemäß für ihren Umgang. Dabei sind die ziemlich eingebildet und dumm."

„Na, na Tochter, ich zahle immerhin eine schöne Stange Geld für den Besuch. Aber diese Damen vom Adel sind anderes gewöhnt. Verstehst Du Dich denn mit keiner der anderen Damen?"

„Doch schon, da ist die Theodora Zumnorde aus Münster, die Klara van Layden, eine Niederländerin aus Enschede und Brunhilde Droste zu Fischringen. Die hat sogar einen Adelstitel, aber ist nicht so abgehoben."

„Aha, das ist doch schön. Da hast Du sogar jemanden aus dem Ausland kennen gelernt. Wenn Du möchtest lade sie doch mal ein nach hierhin."

„Wenn sie das interessiert? Ein Bauernhof, auch wenn es ein großer ist. Glaube ich zwar kaum, aber ich werde sie fragen. Vielleicht zur Kirmes?" Ihr Vater schweigt und schaut sie nur an.

Da Martina sein einziges Kind ist, lässt er ihr mehr Freiheiten als er es von den Töchtern der anderen Bauern in Greven kennt. Auch die Ausbildung in Münster ist alles andere als normal. Martina weiß, dass der Besuch bei den Nonnen ihren Vater viel Geld kostet. Sie weiß auch, dass er das macht, um den Fortbestand des Schulzen-Hofes zu sichern.

„Was ist denn der Grund für dieses Gespräch? Doch nicht meine Ausbildung bei den Nonnen?"

„Dein Aufenthalt in Münster wird nicht ewig sein. In einem Jahr wirst Du ihn abgeschlossen haben. Deshalb müssen wir sehen, wie es mit Dir weiter geht. Ob wir nicht einen Mann, einen guten Bräutigam für Dich finden."

„Vater! Was hast Du vor? Wen willst Du mir als Mann geben?", Martina ist alarmiert.

„Ja, weißt Du, ich hatte ein Gespräch mit dem Schulzen Höpling-Grotthoff, Du weißt der große Hof an der Straße nach Münster. Sein Sohn, der Werner, wäre doch eine schöne Partie für eine Hochzeit?"

„Ah! Der Werner, der ist doch nur dumm. Was ich von dem gehört habe. Sein Vater hat wohl Angst, dass der den Hof übernimmt und herunter wirtschaftet. Soll er ihn doch seinem jüngeren Sohn, dem Johannes, geben.", reagiert Martina aufgebracht

„So nicht. Der Werner ist eine gute Partie für beide Höfe. Dann hätten wir den größten Hof in Greven und Umgebung."

„Ich wusste es doch. Der Herr Großbauer denkt nur in großen Ackerkrumen. Je größer der Hof, um so schneller die Hochzeit. Da mache ich nicht mit!" Martina ist außer sich. Da soll sie einfach an einen Bauernsohn verschachert werden.

„Denk' doch mal nach", Große-Gronenburg versucht seine Tochter bei ihrer Intelligenz zu fassen.

„Wenn der Werner, wie Du meinst, so dumm ist wie Du sagst, dann kannst Du ihn ja auch gut um den Finger wickeln und selber in Deinem Sinne lenken. Dann übernimmst Du den Hof."

„Ach was, so ein dummer Bauerntrampel, der ist doch dafür gar nicht geeignet. Wenn Du mich zwingen willst, dann … " Weiter kommt Martina nicht. Die Tür wird aufgerissen und ihre Mutter Annette steht in der Tür: „Keine Drohungen gegenüber Deinem Vater! Und Du Ehemann, kein scharfes Wort mehr gegenüber Deinem Kind!"

Vater und Tochter schauen die Ehefrau und Mutter verwundert an. So hatten sie die Überwasserbäuerin noch nicht erlebt. Ruhig und mit sanfter aber konsequenter Hand sorgt sie im Haus für die notwendige Ordnung und regelt den Tagesablauf. Wenn sie spricht, sagt sie es ruhig und eher leise. Manchmal muss Martina nachfragen, da sie es nicht verstanden hat, weil die Stimme ihrer Mutter so leise ist. Aber hier und jetzt, diese Lautstärke, dass war völlig ungewohnt.

„Ihr beiden dickschädeligen, münsterländischen Eichenköppe solltet Euch schämen Euch so anzuschreien!" „Aber, das haben wir doch gar nicht …" wendet Martina ein.

„Was? Der ganze Hof hört mit, wenn Ihr aneinander geratet. Ihr werdet jetzt aufhören damit. Martina geh auf Dein Zimmer und lese etwas. Und Du Ehemann, mach Dich wieder an Deine Arbeit. Das Thema Heirat wird heute nicht mehr angesprochen!" Ziemlich perplex über die Deutlichkeit des Auftretens der Mutter und Ehefrau gehorchen beide der Anweisung. Dieses Ereignis sorgt noch Tage später für heiße Diskussionen unter den Bediensteten und macht auch in Greven seine Runde.

KAPITEL 10: DER GROSSE MARKT

Niemals im Jahr sind mehr Menschen im Dorf Greven wie an diesem Wochenende Ende August. Die Ernte ist in der Scheune. Das Jungvieh ist aus dem Gröbsten heraus. Ernte und Jungvieh können für den Verkauf hergerichtet werden. Der Herbst steht vor der Tür und der Bauer denkt an den kommenden Winter. Es ist etwas Zeit, sich um den Zustand des Hofes zu kümmern. Wie seit Jahrhunderten finden Kirmes und Lambertusmarkt in Greven an diesem Wochenende statt.

Als Termin für den Markt wird der Montag nach dem Feiertag für den Heiligen Bartholomäus, der 24. August jeden Jahres, genommen. Viel Volk aus dem Umland kommt ins sonst ruhige Dorf. Aus Nah und Fern sind Bauern und Kaufleute gekommen, um Waren zu verkaufen oder zu kaufen. Knechte und Mägde erhalten Ausgang von ihren Herrschaften. Jungmänner und Töchter kommen mit den Eltern in die 'Stadt'. So mancher Bauer hofft auf einen strammen Schwiegersohn für die eigene Tochter. Ehen zwischen Höfen bespricht man bei Bier und Schnaps in den Gastwirtschaften oder beim Tanz. Das Jahr und seine Ereignisse lässt man Revue passieren. Beim Gespräch der Bäuerinnen stehen Familie und Schicksale im Vordergrund. Die Wirte erwarten einen guten Umsatz und hoffen auf schönes Wetter. Dann öffnen sie Tanzgärten, eine Holzfläche zum Tanzen. Tische unter Bäumen gestellt zum Essen und Trinken, eine Theke daneben errichtet und schon kann Musik und Tanz beginnen. Nach Wochen der Arbeit auf Feldern, in Scheunen und auf dem Hof sind alle froh, mal richtig feiern zu können.

Auch die Gaststuben sind gut gefüllt. Dort treffen sich Grevens und Münsters Kaufleute mit Kollegen und Geschäftspartnern aus anderen Städten. Der Lambertusmarkt ist für alle Seiten die Gelegenheit, ungezwungene Atmosphäre und Geschäft zu verbinden. Viele kommen mit ihren Pünten oder Kutschen bis Greven, um auf dem Markt anzubieten und zu verkaufen. Der Kontakt mit den Geschäftspartnern lässt sich dabei gut vertiefen.

Auch Barkensteins Geschäftspartner Martens aus Emden ist nach Greven gekommen. Ihn interessiert vor Ort, die Veränderungen mit den Preußen zu erleben. „Es ist doch schon besser geworden mit dem Handel. Nicht mehr an jeder Flussbiegung eine Zollstation. Kein Auspacken und Einpacken oder

Geldzahlen. Man kann ja sagen was man will über den Napoleon, für den Handel ist es jetzt besser geworden", sagt Martens zu Barkenstein. Beide Handelsherren sitzen in einer ruhigen Ecke im *Goldenen Reh* und trinken einen Schoppen Rheinwein zum Essen.

„Ja, ich bin auch mit der neuen Regelung zufrieden. Unter dem Fürstbischof war es nicht schlecht, aber es war ein ziemlich verknöcherter und rückschrittlicher Staat. Da sind die Preußen und ihr protestantischer König doch etwas ganz anderes", entgegnet Barkenstein. „Wie hat sich denn mein Sohn so gemacht?" fragt er.

„Der ist ein ganz fixer junger Mann. Was der so alles lernte und in welcher Zeit, das war schön zu sehen. Leider bin ich mit meinem Nachwuchs nicht so gut bedacht worden. Dein Sohn kann noch einiges werden!"

In diesem Augenblick wird es im Schankraum laut. Eine recht imposante Gestalt von Bauer kommt durch die Tür. Gleich wird er von verschiedenen Männern freundlich bis unterwürfig gegrüßt. Der Gegrüßte geht zu einem Tisch, an dem weitere Bauern warten und setzt sich hinzu. Hier gibt es nochmal ein „Hallo" für den Ankommenden.

„Da haben wir ja die geballte Bischofsfraktion versammelt. Die großen Bauern können den Verlust ihrer Privilegien und Vorrechte mit dem Wegfall des Bischofsstaates nicht verwinden", sagt Barkenstein zu seinem Geschäftspartner.

Während die beiden Kaufleute essen und sich unterhalten, geht Anton mit seinen Freunden Willi und Karl am *Goldenen Reh* vorbei. Sie sind auf dem Weg zum Lambertusmarkt und wollen sich die Attraktionen des Jahrmarktes anschauen.

Ganz Greven ist ein Festgelände. An vielen Ecken stehen Gaukler und Bänkelsänger und geben ihre Künste zum Besten. Die Bauern sind auf dem Marktgelände am Rand des Dorfes. Hier stehen, liegen und laufen die verschiedensten Tiere. Kühe, Bullen, Ziegen und Schafe. Eine besondere Attraktion sind Ochsen, riesige Tiere, die selbst für den Züchter schwer zu bändigen sind. Den Kindern gefallen da mehr die Gänse, Hühner und das Jungvieh. Neben den Tieren werden aber auch alle anderen Produkte des Landlebens angeboten. Ergänzung findet der Markt durch Stände mit modernen Produkten für Haushalt und Wohnung. Eiserne Töpfe, Schüsseln, Eimer und Geräte für die Feldbestellung. Auch an die Weiblichkeit haben einige

Händler gedacht. Alles was der Schönheit dient, offerieren sie den vorbei gehenden Damen. Wer jedoch mehr auf Abwechselung und Entspannung steht, für den wird auch etwas geboten. Ein Zirkus zeigt hinter einer Sichtblende dem Publikum Kunststücke und Clownerien. Für ein Zelt fehlt dem Circus das Geld, eine Wand aus Leinen muss reichen. In einem richtigen Zelt werden exotische Dinge aus dem märchenhaften Orient präsentiert. Beim Weiterschlendern fängt plötzlich Willi an zu johlen.

„Da, schaut doch mal ´rüber, die Herren Großbauern lassen ihre Töchter frei hier herum laufen. Brauchen wohl heute nicht das Großvieh, ob Bulle oder Knecht, beaufsichtigen. Das wird eine schöne Wirtschaft geben." Dabei weist er mit der Hand zum Circusausgang. Dort gehen gerade drei junge Frauen auf einen Stand mit Erfrischungen zu. Alle drei tragen Kleider, die deutlich wertvoller sind, als jene der Mägde und Bediensteten der Kaufleute.

„Wer sind denn die Drei?" fragt Anton.

„Ach, du kennst die drei Hübschen nicht? Nun ja, die eine war auch einige Zeit, können schon Jahre sein, in Münster auf einer besseren Schule, bei französischen Nonnen. Das ist die Martina Schulze Große-Gronenburg. Ihr Vater ist der Überwasserbauer, der Größte in Greven links der Ems."

„Hat der den alten Gräftenhof an der Straße nach Altenberge?" fragt Anton nach.

„Stimmt genau, alter Kumpel. Pass auf, dass Du Dich nicht verschaust, sonst hütest Du demnächst die Kühe bei ihr", antwortet Willi.

„Die Zweite, links neben der ist die Elisabeth Höpling-Grotthoff. Auch so eine vom Bauernadel. Für jeden Bauer auch eine gute Partie", ergänzt Karl seinem Freund.

„Aber die Dritte kenn´ ich nicht", resigniert Willi.

„Ich auch nicht. Wohl eine Freundin von der Überwassertochter. Also eine von den Schwesternschülerinnen aus Münster. Aber das weiß ich nicht", gibt auch Karl klein bei.

„Lasst uns weiter gehen. Was ist denn das da vorne für ein Zelt? Die Bauerntöchter können allein gehen. Kommt mit", sorgt Willi für ein anderes Thema.

Die drei gehen auf den größten Anziehungspunkt dies diesjährigen Festes zu. Es ist ein Zelt mit einer Laterna Magica. Dort kann der Münsterländer sich die wichtigsten Orte der Welt im Bild anschauen. Auch Anton und seine Freunde sind hiervon begeistert.

„Da müssen wir rein", meint gebieterisch Willi. Seine Freunde braucht er nicht zu überzeugen.

„Wird gemacht, Herr Napoleon von Greven", entgegnet, stramm stehend, Karl. Anton ist schon an der Kasse und bezahlt die Karten für alle drei Freunde. Nach längerem Warten kommen sie in den abgedunkelten Raum im Zeltinneren. In der Mitte steht eine runde Anlage mit kleinen Gucklöchern für die Augen. Nur wer mit beiden Augen durchschaut, kann Drei-Dimensional-Ansichten von Städten wie London, Paris, Rom, Amsterdam und sogar das verwunschene Alexandria sehen. Wohl aus patriotischer Gesinnung zu den neuen Machthabern heraus gibt es auch eine Ansicht von Berlin.

„Schon Toll, so eine Anlage", meint Anton beim Verlassen des Zeltes. „So soll es also aussehen in den großen Städten."

„Ja, schon merkwürdig. In Amsterdam haben sie keine Straßen, sondern Kanäle. Aber richtige mit Steinwänden und nicht so eine Sandgeschichte wie der Max-Clemens-Kanal", findet Karl.

„Ja, da möchte ich schon mal hin, wenn es ginge. Da hast Du es ja gut, Anton, Du warst schon mal in Emden. Da kann man richtige Schiffe sehen und nicht nur unsere Pünten", lässt Willi seinem Neid freien Lauf.

„Fragt doch Eure Väter, ob Ihr auch für die Ausbildung zu Geschäftspartnern gehen könnt", schlägt Anton mit Blick auf seine Aufenthalte in Enschede und Emden vor. Eine Musikergruppe lenkt die Freunde vom Gespräch ab. Nachdem sie einige Zeit zugehört haben, wird es ihnen langweilig und sie suchen nach anderen interessanten Angeboten.

„Lasst uns doch zum Tanzgarten vom *Goldenen Reh* gehen. Da ist bestimmt schon etwas los", schlägt Karl vor.

Gesagt, getan. Die drei Freunde machen sich auf den Weg zum Tanzgarten.

„Hallo Anton, ist das nicht Dein Knecht, der da mit dem unbekannten Mann in Schwarz spricht", meint Willi.

„Tatsächlich! Was der sich da wohl aufschwatzen lässt?" fragt Anton.

„Last uns doch mal da vorn an der Ecke warten und schauen was der dem Willi aufdrängt", schlägt Karl vor.

An einer Hausecke bleiben die drei Freunde stehen und schauen dem Gespräch von Walter Hülsbusch mit dem Fremden in seiner schwarzen Kleidung zu. In seinem Gehrock mit hohem Kragen und Zylinder könnte er fast ein protestantischer Geistlicher sein. Verstehen können die drei Freunde nichts. Das Gespräch zwischen den Beiden dauert noch ein paar Minuten, dann geht Walter mit einem Buch in seiner Hand weiter.

„Hallo Walter, woher des Weges", fragt Anton den Überraschten, als er um die Hausecke gebogen kommt.

„Ja, vom Markt. Und jetzt geh´ ich zum *Goldenen Reh* auf ein Bier."

„So, so. Und nebenbei führst du konspirative Gespräche mit Unbekannten, lässt Dir sogar irgend etwas andrehen. Lass doch mal sehen?" mischt sich Willi ein. Mit einem Griff hat er das Büchlein aus Walters Hand genommen.

„Aha, der Walter geht unter die Philosophen. Ja, Anton, dem Walter ist Greven zu klein, er strebt nach französischer Weisheit. Das Buch hier ist eine Darstellung französischer Philosophen in deutscher Sprache. Genau das Richtige um revolutionäres unter das Volk zu bringen", gibt Willi zum Besten.

„Ja, jetzt lass mal den Walter zu Wort kommen, Willi. Wer ist der Mann mit dem Du gesprochen hast und was wollte er?"

Walter ist nach Willi's Worten vorsichtig geworden.

„Also, der Mann nennt sich Wernher von Theile. Er sagt aus Berlin zu kommen. Das Buch hat er mir geschenkt, nachdem er erfahren hat, dass ich lesen kann. „Das wird Deinen Geist erweitern", meinte er dabei. Und wohnen tut er bei der Witwe Laumann an der Münsterstraße. So, mehr weiß ich nicht", gibt Walter zur Antwort.

„Ist schon gut, Wernher von Theile aus Berlin. Aha! Was der aber in Greven zu suchen hat ... ? Schon komisch."

„Aber jetzt zum Tanz und nicht hier die Beine in den Grund stehen", fordert Karl seine Freunde auf.

„Hier, für ein Bier auf den Schreck!" sagt Anton zu Walter und gibt ihm etwas Geld. Ohne weitere Unterbrechung gehen die drei Freunde zum Tanzgarten. An den Fremden denken sie schon nicht mehr.

Kapitel 11: Konflikt

„Na, lasst uns mal schauen was sich hier tut. Die Stimmung ist hier ja toll", Karl Schlüter schaut herum und taxiert die Gäste an den Tischen und auf der Tanzfläche.

Wie jedes Jahr an Kirmes finden sich die Bewohner aus Dorf und Bauernschaften, in den Gaststätten und auf den Tanzflächen Grevens, ein. Die Altbauern beschwatzen das vergangene Jahr, die Ernte, den Zustand der Jungtiere und die Zukunft. In diesem Jahr bilden besonders die politischen Entwicklungen einen Schwerpunkt der Gespräche.

„Der Preuße will uns nur ausnehmen. Da kommt nichts Gutes. Das war beim Fürstbischof besser."

„Stimmt, unter'm Krummstab war's besser. Da wohnten wir vor der Hauptstadt und hatten gute Einnahmen. Die Herrschaften waren streng aber gerecht. Aber der Preuße, der residiert in Berlin und wir sind weit weg."

„Nur dem Militär sollen wir alles geben. Die drei Husaren mit ihrem Offizier leben doch wie die Made im Speck auf unsere Kosten."

„Der Barkenstein und seine Freunde, ja die schwänzeln um die Preußen-Brut wie der verliebte Erpel um die Ente. Die wittern Morgenluft. Aber gemach, mal schauen was der Napoleon noch mit den Preußen macht."

„Genau, der hat die doch schön gestutzt."

„Aber wir wurden zu seiner Handelsmasse missbraucht. Für seine Geschäfte mit den Preußen wurden wir doch an die verschachert und unser Fürstbischof in die Wüste geschickt."

Die Damenwelt belagert mehr die Tische um die Tanzflächen. In ihren Gesprächen werden andere Themen gewälzt.

„Die junge Überwasserbäuerin ist ja zu einer stattlichen Person geworden."

„Und eine gute Partie ist sie auch. Wer die bekommt hat gut ausgesorgt."

„Da wird der alte Franz aber sein Auge drauf halten. Die bekommt nicht jeder. Ein Schulze mit Land muss es schon sein."

„Aber einer der Städter wird ihr wohl besser gefallen, immerhin lernt sie bei den französischen Nonnen in Münster für's Leben und die Hochzeit."

„Mit der feinen Art wird sie aber nicht den Hof führen können. Und Kinder erzieht man damit auch nicht."

„Man hört ja so einiges was den Damen bei den französischen Nonnen beigebracht wird. Schreiben und Rechnen ist ja gut für eine Schulzentochter, auch die Handarbeit und Wissen über Garten und Natur sind richtig für Haushalt und Familie." „Das schon, werte Trine, aber wie steht es denn mit so Dingen wie französische Übersetzungen, wohl um dem Herrn Napoleon zu huldigen, oder Briefe gestalten ... " „Stimmt genau. Auch Gedichte reimen, wie nennen die das noch, Poesie, glaube ich, wohl auch um schöne Texte für diesen Franzosenkönig zu dichten!"

„Ja, ja! Der alte Überwasserbauer hat es nicht leicht mit seiner Tochter. Aber er wollte sie ja nach Münster auf die Schule für feine Damen schicken."

„Wie steht's eigentlich mit den Kindern beim Höpling-Grotthoff? Ist dem nicht ein neuer Junge geboren worden?"

„Schon, aber nach zwei Wochen ist er ihm verstorben. Seiner Frau ist das gar nicht gut bekommen. Von den vier Kindern ist ihm nur sein Werner geblieben. Aber der hat sich gemacht."

„Ach, quatsch, der weiß doch nicht eine Forke von einem Rechen zu unterscheiden. Geld macht eben auch nicht klug."

„Aber es hilft bei der Brautwahl."

„Gab es da nicht schon Gespräche zwischen Grotthoff und dem Überwasserbauer?"

„Ich hab´ da auch so was gehört." „Wäre ja auch eine schöne Verbindung. Große-Gronenburg mit dem Höpling-Grotthoff zusammen. Die beiden größten Höfe von Greven."

„Aber die Martina wird da wohl nicht mit machen. Wie man hört, hat die den Dickkopf ihres Vaters geerbt und der ist hart wie eine tausendjährige Eiche!"

„Ah schaut mal, da kommt sie ja schon ... wenn man vom Teufel spricht ..." Zusammen mit Freundinnen erscheint Martina Große-Gronenburg im Tanzgarten vom *Goldenen Reh*. Sie geht zu einem freien Tisch und setzt sich mit Ihren Begleiterinnen. Die Blicke der Jungmänner sind auf diese Runde junger Damen gerichtet. Auch die des Befehlshabers der Grevener Husarenabteilung, des preußischen Offiziers Von Blütow. Er schaut sich das Treiben in der Gaststätte und im Tanzgarten an. Beobachtet genau auch die feindlichen Blicke der Bauern in seine Richtung. Von Seiten der Kaufleute und Ortsbewohner merkt er aber auch wohlwollende Zeichen. So wird ihm ein Bier vom Kaufmann August Schlüter spendiert, welches er auf dessen Wohl antrinkt und damit weiter in Richtung Tanzfläche geht.

Gemeinsam mit Karl Schlüter und Willi Tersteegen steht auch Anton Barkenstein an einen Baum gelehnt und schaut herum. Beim Umherschauen trifft sein Blick Martina Große-Gronenburg. Nach einem Schwenk über ihre Freundinnen kehren seine Augen zurück auf die Tochter des Überwasserbauern.

„He, was ist denn los, vergieß das gute Bier nicht ...", ruft Karl. Anton hat beim Blick auf Martina das Glas langsam schief gehalten und es droht das Bier auszulaufen. Ruckartig schaut er herunter und hält das Glas wieder senkrecht.

„Woran hast Du denn gerade gedacht, dass Du so träumst?" will jetzt Willi wissen.

„Mal schauen wohin sein Blick gerade schweifte", spielt Karl den Rätsellöser und dreht gut sichtbar und übertrieben seinen Kopf in dieselbe Richtung wie Anton zuvor. Sein Blick folgt dem von Anton und bleibt am Tisch der jungen Damen hängen. „Aha, ich glaube es zu wissen. Grevens weiblicher Bauernadel hat userm Anton den Geist verwirrt. Nach dem Großviehmarkt geht es für die Altbauern auf den Heiratsmarkt in den Tanzgarten. Und scheinbar hat sich unser Anton in den ausgelegten Fangnetzen verfangen"

„Rede Du nur Deinen Quatsch weiter", bewertet Anton die Wortwahl des Freundes.

„Na, na so ganz schlecht sind die ja auch nicht. Die eine oder andere ist schon einen Blick wert", mischt sich Willi ein.

„Aber das Meiste unterscheidet sich nicht wesentlich von dem was auf den Weiden steht", lautet der fachmännische Hinweis von Karl.

„Wer ist denn die Blonde an dem Tisch am hinteren Tanzflächenende?", fragt Anton seine Freunde.

„Oh, ha! Unser feiner Herr ist kein Kostverächter. Wenn schon, denn schon. Ja, wer schon in der Welt herum gekommen ist, der weiß Qualität zu schätzen", stichelt Willi weiter.

„Da hat er schon recht. Das ist die Martina, die Tochter vom Überwasserbauer. Du weißt, dem großen Hof von links der Ems", informiert ihn Karl.

„Stimmt, ist für ein paar Jahre bei den französischen Nonnen in Münster, damit sie schön heilig werde und gut für Heim und Hof schaffen kann. Ihr Vater möchte sie ja mit dem größten Bauern verheiraten", kann sich Willi nicht zurückhalten.

„Die ist für einen guten Kaufmann nichts. Was soll man schon mit einer

Kuhtreiberin anfangen", fügt Karl hinzu.

„Ihr könnt gut reden. Meint Ihr, in Emden hätte es wesentlich besseres gegeben? Auch Städter bringen nicht unbedingt Qualität zur Welt", fährt Anton im selben Ton dazwischen. Willi und Karl sind ziemlich überrascht. Bisher war Anton eher ruhig und ausgeglichen. So aufbrausend ist er nur sehr selten. Es liegt wohl am Bier, immerhin das dritte Glas.

Den Disput der Freunde vernimmt Von Blütow nicht. Er schaut sich weiter um. Geht umher, grüßt diesen und jenen. Hier ein Gruß, dort ein kleines Gespräch, immer freundlich zu den Grevenern. Er vertritt hier Preußen, die neue Macht. Da will er nicht zu bösem Blut Anlass geben. Bei seinem Rundgang wirft er wiederholt einen Blick auf den Tisch, an dem Martina Große-Gronenburg mit Freundinnen sitzt. Sie gefällt ihm schon ganz gut. In seinem Soldatenleben hat er so manche junge Frau kennen gelernt. Seine Kameraden halten ihn für einen Frauenkenner.

Plötzlich sieht er, wie sich einer der Jungmänner des Dorfes dem Tisch nähert und mit Martina spricht. Er bleibt stehen, um die weitere Entwicklung zu erleben. Der junge Mann, von der Kleidung her aus besserem Hause, redet also mit dem Mädchen. Dann steht sie auf und geht mit ihm zusammen zur Tanzfläche. Sie muss ganz schön selbstbewusst sein, denkt Von Blütow. Eigentlich ist es nicht üblich, sich einfach mit einem unbekannten Jungen auf der Tanzfläche zu vergnügen. Ein Blick zu den Tischen mit den Frauen der Bauern zeigt Ihm, dass dieses Verhalten für Aufregung unter diesen sorgt. Die beiden tanzen bis zum Ende des gerade gespielten Liedes, wobei die Musiker sich Zeit zum Beenden der Melodie lassen. Auch sie scheinen sich der Besonderheit dieses Ereignisses bewusst zu sein. Nach dem Tanz begleitet er sie zum Tisch zurück und verabschiedet sich. Von Blicken verfolgt geht er zu seinen beiden Begleitern zurück. Seine Freunde sind mit ihm sofort in einem aufgeregten Gespräch verwickelt.

Nachdem sich Martina hingesetzt hat, geht Von Blütow zu ihrem Tisch, verbeugt sich gekonnt und fragt sie, ob sie den nächsten Tanz für ihn reserviere. „Werter Herr, es ist bei uns nicht üblich, mit unbekannten Herren zu tanzen. Dies mag in Berlin oder auch Münster so sein, aber nicht hier auf dem Lande", gibt sie ihm zur Antwort.

Dies kann Von Blütow nicht auf sich sitzen lassen. Immerhin ist er der

Vertreter Preußens in Greven. Er greift Martina am Arm und will sie vom Stuhl zu sich ziehen. „Wertes Fräulein, dann müssen wir ihnen mal ... oh, äh, was soll .... !" weiter kommt er nicht.

Hände hatten ihn von hinten gegriffen und vom Tisch weg gezerrt. Dann sind noch weitere Hände da, die ihn halten. Als er wieder ruhig steht, tritt der junge Mann, mit dem Martina eben getanzt hatte, vor ihn.

„So geht das hier in Greven nicht, Herr Offizier, wir haben etwas gegen Rüpel, die unsere Mädchen einfach abschleppen wollen", sagt er unter dem Beifall umstehender Zuhörer. Von Blütow reißt sich los, dreht sich um und geht in Richtung Hauptstraße. Wer war dieser aufmüpfige Junge, der sich mit ihm anlegt? Den muss ich im Auge behalten, denkt er.

„Hallo Herr Offizier", ruft jemand hinter ihm her. Unwirsch dreht er sich um und sieht einen der jungen Bauern hinter sich herlaufen.

„Was ist los?" raunzt er ihn an.

„Nicht böse sein, der Mann, der Sie eben vorgeführt hat, ist der junge Barkenstein, der Vater ist ein Freund vom General Blücher."

„Danke für die Information", sagt etwas freundlicher Blütow und wirft dem Informanten eine Münze zu.

Von allen unbeachtet, steht am Rande des Gartens ein junger Mann in schwarzem Anzug und weißem Hemd und beobachtet aufmerksam das Geschehen. Besonders die kleine Rempelei zwischen Anton Barkenstein und Von Blütow ist ihm nicht entgangen.

Kapitel 12: St. Martinus Kirche

Der mächtige Turm der Sankt Martinus-Kirche dominiert das Bild des Dorfes Greven seit Jahrhunderten. Weit aus dem Umland lässt sich der Turm erblicken und seine Glocken hören. Die Kirche steht seit Menschengedenken auf einem felsigen Vorsprung auf der östlichen Seite der Emsniederung. In vielen Windungen zieht sich das Flussbett von Südosten nach Nordwesten um dieses Hindernis herum. Bis an den Fuß der Felsklippe können bei Hochwasser die Fluten der Ems kommen. Mit seinen mächtigen Mauern zeigt der Turm nicht nur das religiöse Zentrum der Gemeinde an. In schweren Zeiten, wenn Greven von feindlichen Soldaten oder Räuberbanden bedroht wurde, verschanzten sich die Bewohner im Turm. Als nur Schwert, Bogen und Spieß zum Kriegswerkzeug gehörten, gewährte der Turm einen gewissen Schutz für die Bewohner des Dorfes. Mit dem Aufkommen immer stärkerer Kanonen bot der Turm nicht mehr den gewünschten Schutz. Aber für Räuberbanden und marodierende Soldaten war er weiterhin eine schwer zu knackende Nuss aus massivem Stein.

Dies ist schon lange her, wird aber gerne in schaurigen Geschichten am Herdfeuer während langer Winterabende erzählt. Das hierbei die Erzähler mit etwas Phantasie das Gewesene noch hervorheben, erklärt sich von selbst. Der dabei entstehende Schauer sorgt für heimelige Gefühle. Das Betreten der Kirche durch die klein gehaltenen Türen ruft bei so manchem Gläubigen diese Geschichten aus alten Tagen in Erinnerung. Die Sankt Martinus-Kirche ist jeden Sonntag das religiöse Zentrum von Greven. Alle Honoratioren, die etwas auf sich halten, gehen in die heilige Messe. Im Dorf ist es sehr schnell rund, wer seiner Christenpflicht nicht nachgekommen ist. Auf den Bänken weisen kleine Metallschilder auf die Sitzplatzinhaber hin. Die alten Familien und jene, die sich etablieren wollen, mieten ihre Sitzplätze jeweils für ein Jahr gegen eine Spende zugunsten der Kirche.

Am Wochenende um den Lambertusmarkt ist die Messe besonders voll. Jeder, der etwas auf sich hält, ist anwesend. Man sieht und wird gesehen. Man grüßt und wird gegrüßt. Nach der Messe gehen die Bauern in eines der Schankhäuser zum Essen, Trinken und Reden. Einige Händler haben ihre Läden geöffnet, um den Bauern die Erledigung von Einkäufen für die Woche zu ermöglichen. Dagegen hatte zwar mal die Geistlichkeit gewettert. Sie musste sich aber der Macht der Realität beugen.

Das Anton Barkensteins Eltern besonders gläubig waren, konnte er nicht sagen. Seine Mutter hatte bestimmt, dass die Familie mit den wichtigsten Dienstboten die Messe am Sonntag zu besuchen habe. Für Anton eine Möglichkeit nach der Messe seine Freunde zu treffen. Sein Vater ist wohl eher an der Glaubensauslegung der Lutheraner orientiert. Einige seiner Geschäftspartner sind evangelisch, daher war ihm deren etwas liberalerer Umgang mit dem Sonntagsgebot bekannt. Aber als Familienoberhaupt kann er sich einen solchen Umgang mit dem Glauben in einem katholischen Dorf wie Greven nicht leisten. So geht Anton mit seinen Eltern sowie Walter und dem Butler auch an diesem Sonntag zur Martinus-Kirche.

Auf dem Marktplatz und auf den Straßen rund um die Kirche stehen die Kutschen der Bauern aus dem gesamten Kirchspiel. Die Kutscher stehen zusammen und führen Gespräche über die Ereignisse der vergangenen Woche – die örtliche Gerüchteküche brodelt und wird später in den Schankhäusern weiter angeheizt.

Anton erkennt unter den nah am Kircheneingang abgestellten Kutschen die vom Schulze Große-Gronenburg. Die alten Bauerngeschlechter von Greven hatten sich das historische Recht erstritten, die Kutschen nah bei den Eingängen abzustellen. Die Barkensteins hatten sich drei Plätze im Kirchenschiff links in der zehnten Reihe angemietet. Hier befinden sich auch die Sitzplätze anderer Grevener Kaufleute. Die alten Bauerngeschlechter sitzen in den ersten Reihen, möglichst nah am Altar. Anton kann sehen, dass die Familie Große-Gronenburg vorn rechts in der Ersten Reihe ihre Plätze schon Platz genommen hat.

Auch Martina ist mit den Eltern in die Kirche gekommen. Als er sie von hinten sieht, durchzuckt es ihn heiß und kalt. Ein flaumiges Gefühl kommt ihm in die Magengrube. Er muss immer wieder an den Tanz mit ihr im Garten vom *Goldenen Reh* denken. Seine Freunde hatten ihn danach aufgezogen. Seine ruhige Reaktion war eine ziemliche Schauspielerei gewesen. Immer wieder schaut Anton in Richtung Martina. Er hat den Vorteil, hinter ihr zu stehen. Sich einfach neugierig umzudrehen, war nicht schicklich und hätte einen Rüffel der Eltern eingebracht. So genießt Anton seinen Platzvorteil und gibt sich seinen Gedanken hin – bis die Orgel aufspielt, die Geistlichen in das

Kirchenschiff kommen und die Gläubigen aufstehen.

Trotz großer Weihrauchdusche breitet sich mit zunehmender Länge des Gottesdienstes der Geruch von Schweiß und Arbeit in der Kirche immer stärker aus. Antons Mutter hat für diesen Fall ein Taschentuch mit starkem Rosenduft, dieses nutzt sie mit der Dauer der Messe immer öfter. Anton macht der Mief nichts aus, er denkt nur an Martina und kann den Blick nicht von ihr lassen.

Ein besonderer Höhepunkt für ihn in dieser Messe ist die Kommunion. Er kann dann nach vorne gehen und auf dem Rückweg einen Blick auf Martina werfen. Es durchzuckt ihn wieder heiß und kalt als er zurück zu seiner Bank geht. Martina kniet betend in der Bank. Als er vorbei geht, hebt sie kurz den Blick. Für den Bruchteil einer Sekunde treffen sich ihre Blicke – für Anton eine Ewigkeit! Wie mit Gummi in den Knien geht er zu seiner Bank. Das Herz rast. Es ist ihm schwummrig im Kopf. Aber er ist glücklich. Nachdem der Segen von Pastor Jansens den Gläubigen gegeben und die Gemeinde in den Sonntag entlassen ist, geht Anton zielstrebig zu dem Ausgang durch den auch Martina mit ihren Eltern kommen muss. Aufgeregt steht er mit etwas Abstand vor der Kirchtür an eine Mauer gelehnt und wartet gespannt auf die Kommenden. In dem Augenblick, in dem Vater Große-Gronenburg die Kirche verlässt und die Spannung bei Anton dem Siedepunkt zusteuert – erhält er einen Schlag auf die Schulter.

„Was macht denn unser junger Liebhaber hier vor der Kirchentür? Warum sucht er denn nicht seine lieben Freunde zwecks gemeinsamer Sonntagsgestaltung?" lässt sich Willi Tersteegen vernehmen.

„Ja, müssen wir etwa befürchten, dass der große Herr Barkenstein uns kleine Krauter nicht mehr kennt? Oder hat ihn die Liebe mit Blindheit und Vergesslichkeit geschlagen?" pflichtet ihm Karl Schlüter bei.

„Ihr seit mal wieder zum falschen Zeitpunkt am falschen Platz", erwidert Anton, mit Blick in Richtung Martina. Diese schaut sich beim Verlassen der Kirche um, erblickt ihn zwischen seinen Kumpels und lächelt ihm leicht zu, bevor sie schnell ihren Eltern folgt.

Und Ihr stört, ergänzt Anton in Gedanken seinen Rüffel an die Freunde. Der Blick von Martina reicht Anton, denn er signalisierte ihm positive Hoffnungen.

Er dreht sich zu seinen Freunden um, rüffelt beide spielerisch an und fragt nach dem gemeinsamen Ziel für einen Ausflug am Nachmittag.

„Ah, der Herr sind wieder auf der tristen Erde zurück, da müssen wir ihm aber die Schönheiten in diesem Jammertal zeigen. Auf zum Festplatz!" befiehlt Willi und ist schon auf dem Weg.

Unbemerkt von den drei Freunden steht Lorenz von Blütow an einer Hausecke mit Blick auf den Kirchenvorplatz. Schon in der Kirche saß er einige Reihen hinter Anton und konnte dessen Blicke zu Martina gut sehen. Auch den kurzen Blickkontakt zwischen den beiden vor der Kirche hat er beobachten können.

„Hallo, da wird die Luft aber heiß", sagt er in Gedanken laut, so das Umstehenden mit einem fragenden Gesichtsausdruck den Kopf nach ihm wenden. In seiner extra gesäuberten Uniform der preußischen Husaren tritt er auf die Familie Große-Gronenburg zu und grüßt freundlich. Vater Franz ist sehr erfreut, seinen 'Geschäftspartner' zu sehen.

Den jungen Mann muss man sich warm halten, so seine Überlegung mit einem Seitenblick auf seine Tochter. Dieselbe, wie auch seine Frau verhalten sich neutral auf die Freundlichkeit des Offiziers. „Es wäre mir eine sehr große Freude, wenn es Ihnen heute möglich wäre mir einen Tanz zu versprechen, gnädiges Fräulein Große-Gronenburg", schmeichelt Von Blütow.

„Das kann ich Ihnen jetzt nicht versprechen Herr Offizier, da ich noch gar nicht weiß, ob es mir heute Nachmittag im Tanzgarten gefällt", antwortet Martina mit freundlicher Stimme. Bevor ihr Vater etwas sagen kann, meint ihre Mutter:

„Martina, wir werden wohl noch Stoffe für ein neues Kleid für Dich suchen ..."

„Oh ja. Mutter, das dürfte längere Zeit dauern", meint Martina.

„Welch neues Kleid könnte Ihre Schönheit noch unterstreichen? Ich werde im Tanzgarten warten, gnädiges Fräulein. Aber entschuldigen Sie mich, mein Soldat scheint mich zu benötigen", erklärt Von Blütow kurz, macht einen vollendeten militärischen Gruß und wendet sich seinem Soldaten zu. Erleichtert wendet sich Martina zu den Eltern und geht mit ihnen zum Essen in Richtung *Goldenes Reh*.

Kapitel 12: Antons Kopfschmerzen

Heute sind auch die Bauern aus dem Umland in das Dorf Greven gekommen. Die Wege und Straßen sind noch voller als in den letzten Tagen. Es ist ein Geschiebe und Drücken zwischen den Gattern und Viehställen, Buden und Zelten. In diesem Gedränge fühlen sich die drei richtig wohl. Wann gibt es schon in Greven so einen Auflauf. Nur einmal im Jahr, an Kirmes mit dem Lambertusmarkt Ende August. An einer Bierschänke besorgen sich die drei jungen Männer große Bierkrüge und setzen sich auf ein Gatter. Von hier haben sie einen guten Überblick auf das Treiben.

„Ja, welch ein Ausblick auf Grevens Schönheiten. Da habe ich ja richtiges Mitleid mit meinen Eltern, die mir eine Braut aussuchen wollen", lässt sich Karl Schlüter vernehmen.

„Zwischen diesen lieblichen Töchtern der Münsterländer Wiesen- und Ackerlandschaft ist die Qual der Wahl richtig schwer. Da möchte man lieber den griechischen *Paris* machen. Aber leider sind die Göttinnen abhanden gekommen", pflichtet ihm in seiner kritischen Meinung Willi Tersteegen bei.

„Mein Vater hat sich auch schon bei Geschäftspartnern umgehört. Deren Töchter kenne ich nicht und will sie auch erst mal sehen, bevor der etwas über mich entscheidet", so Willi weiter.

„Stimmt, wo käme unser einer denn hin, wenn die Eltern so eine wichtige Entscheidung für einen treffen würden. Da möchte ich schon mitreden", erklärt Karl. Während des Gespräches seiner Freunde sitzt Anton dabei und schaut in Gedanken über die Menschenmenge. Er denkt an Martina und was sein Vater zu ihr sagen würde.

„Was sagt denn unser Anton zu diesem Lebensthema? War er doch an der Kirche schon mit dem Thema beschäftigt, so dürfte er dazu eine sehr konkrete Meinung haben", will Karl es wissen.

„Wie ... ? Was wollt Ihr?" schreckt Anton von der Anrede auf.

„Oho, unser Freund ist schon in Gedanken bei Ihr, unserer hübschen Bauerntochter! Wollen der Herr denn demnächst die Kühe beim Überwasserbauer hüten?" stichelt Willi.

„Was wisst Ihr denn. Der Überwasserbauer ist doch der Reichste in der Gegend. Und die Martina ... "

„Hoh, Hoooh! Jetzt nennt er sie schon beim Vornamen. Da hat es unsern Anton ja besonders schwer getroffen!" ruft Karl.

„Ihr seit ja ein paar dolle Freunde, hier so rumzuschreien", reagiert Anton unwirsch auf die Worte der Freunde.

„Na, mal ganz ruhig Anton. Was wird denn Dein Vater sagen zu Deinen Wünschen. Ein gestandener Kaufmannssohn will eine Bäuerin – auch wenn sie noch so reich ist – heiraten. Wie passt denn das in die Familie? Hat Dein Vater denn da nicht ein gehöriges Wort mitzureden?" beruhigt Willi die Wogen der Gefühle.

„Und weißt Du überhaupt wie die Überwassertochter darüber denkt? Schöne Augen sind das eine aber ...", gibt Karl zu bedenken.

„Ja, genau, bevor Du hier rumsitzt, Deine Gedanken auf Abwege kommen, solltest Du erst mal da nachfragen ob und was Sache ist. Wer weiß was der Überwasserbauer mit seiner Tochter vor hat. So ein westfälischer Bauernschädel, da ist viel Platz für die dümmsten Dinge", merkt Willi an.

„Was seit Ihr doch tolle Burschen. Da kann ich mich ja gleich in die Ems stürzen und ertrinken", meint ein frustrierter Anton an.

„Nein, so doch auch nicht. Lasst uns doch mal genauer nachdenken was wir machen sollen."

„Ha, da vorne kommt doch der Walter, der Knecht Deines Vaters, Anton. Dem sein Vater arbeitet doch für den Überwasserbauer. Der müsste doch etwas wissen. Fragen wir den mal!" gibt Karl die Marschrichtung an. Karl springt vom Gatter, geht zur Wirtschaft, holt vier Bier und ein paar Würste mit Brot. Nachdem er die Freunde versorgt hat, ruft er Walter Hülsbusch. „Hallo Walter, komm mal her, wir wollen Dir ein Bier austun, auf Kirmes und Lambertusmarkt in Greven." Das lässt sich dieser nicht zweimal sagen und kommt sofort rüber.

„Werte Herren, das ist aber eine schöne Überraschung für mich. Auf Ihr Wohl!" und nimmt einen guten Schluck.

„Ja Walter, wir haben da ein Anliegen. Dein Vater arbeitet doch für den Überwasserbauer?"

„Stimmt schon, aber es gefällt ihm nicht so sehr. Der Schulze Große-Gronenburg ist ein strenger aber auch gerechter Herr. Nur, wenn er auf dem eigenen Feld arbeiten will, muss er für den Schulzen arbeiten und hat keine Zeit für die eigene Arbeit. Und die Abgaben drücken auch. Da bin ich doch sehr froh über meine Arbeit beim Herrn Barkenstein.", gibt Walter bereitwillig Auskunft.

„Und wie ist das mit seiner Tochter? Was weißt Du denn darüber?"

„Oh ja, die Martina, sein einziges Kind. Da ist er richtig vom Schicksal geschlagen worden, nur eine Tochter und keinen Sohn. Aber jetzt ist er ganz merkwürdig gegenüber diesem Husarenoffizier. Der kommt regelmäßig wegen der Waren für die Preußen in Münster. Der scheint ein Auge auf die Martina geworfen zu haben. Und der Überwasserbauer scheint wohl schon von Adelstiteln auf seinem Hof zu träumen."

„Und wie steht das Fräulein Tochter zu diesen Avancen des Offiziers?" fragt Willi ganz aufgeregt weiter.

„Ja, die, die scheint da nicht so dolle dabei zu sein. Da gab es eine schöne Schreierei vor kurzem zwischen dem Bauern und der Tochter. Die scheint ganz nach ihm zu kommen – ein richtiger Dickkopf", lässt Walter seine Informationen fleißig sprudeln.

„Aha, das ist ja sehr interessant. Der Bauer süchtelt nach dem Adel, die Tochter hat einen eigenen Kopf und kein Auge für den Offizier. Danke Walter. Hier, etwas Geld für weiteres Bier und noch einen schönen Tag", bedankt sich Karl bei Walter. „Das freut mich, dass ich den Herren helfen konnte", freut sich Walter Hülsbusch und geht zu seinen Kumpeln hinüber.

„So, jetzt wissen wir mehr. Das Bauerntöchterchen hat somit eigene Vorstellungen. Haben ihr wohl die französischen Nonnen in Münster beigebracht. Und in diese Dame hat sich unser lieber Anton verschaut. Na, ein Mägdelein am Küchenherd wirst Du damit wohl nicht bekommen", kommentiert Willi das Gehörte.

Karl wird jetzt konkret: „Wie sollen wir das jetzt weiter angehen. Auf den Hof gehen und frisch heraus fragen dürfte wohl beim Bauern die Alarmglocken nur so dröhnen lassen. Der sieht nur Adelstitel und Wappen über'm Torbogen. Man sollte die Tochter, Martina heißt sie ja, direkt ansprechen. Aber wie?"

„Da haben wir doch unseren Walter. Genau, Anton, schreib der Martina einen Brief und bitte sie um ein Treffen. Am Schiffsanleger, der ist auf der Emsseite vom Überwasserbauer. Da kannst Du dann mal in Ruhe mit ihr sprechen", ergänzt Willi den Plan.

„Na, na, na! Jetzt aber mal etwas langsam mit den jungen Pferden. Wenn ich Euch so höre, wollt Ihr schon nächste Woche die Hochzeitsglocken hören?

So schnell jetzt aber auch nicht."

„Ha! Ach was! Das Eisen ist heiß, jetzt muss es geschmiedet werden! Anton, das mit dem Brief ist doch gut. Da kann sie sich entscheiden. Und Du musst hier nicht wie `ne Wurst ohne Pelle herumsitzen", antwortet Willi.

„Gut, Ihr habt ja irgendwie auch recht. Das mit dem Brief mache ich. Und der Walter kann ihn der Martina bringen."

„So gefällst Du mir schon viel besser, das ist wieder der Anton, den wir kennen! So und jetzt etwas anderes, auf ins Gewühl!" beendet Karl das Thema.

Kapitel 14: Martinas Antwort

„Der junge Herr Barkenstein wünscht mich zu sprechen?" Walter Hülsbusch schaut durch die Tür des Salons, in dem die Mitglieder der Familie Barkenstein sitzen.

„Ah, ja. Gut. Komm mit, Walter, wir gehen in mein Zimmer", sagt Anton schnell und schiebt Walter durch die Tür zurück auf den Flur. Herr und Frau Barkenstein schauen sich etwas verwundert an.

„Wollen wohl irgendeinen Spaß aushecken", kommentiert Barkenstein den Vorgang. Überrascht folgt Walter dem zukünftigen Hausherrn in sein Zimmer.

„Walter, ich habe da eine etwas unübliche Aufgabe für Dich. Aber zuvor eine Frage. Wie gut kennst Du die Bediensteten beim Überwasserbauer?"

„Da kenne ich mich schon etwas aus. Die Marele kenn´ ich gut, das ist die Magd auf dem Überwasserhof. Aber so richtig ist die das auch wieder nicht. Sie ist nur für die Martina da, was die Tochter vom Schulzen ist. So etwa wie eine Dienerin, wie die Josepha für die gnädige Frau Barkenstein", erläutert Walter.

„Das ist ja bestens, da kannst Du meinen Auftrag wohl gut ausführen. Ich habe hier einen Brief an die Martina. Kannst Du den der Marele geben für ihre Herrin? Aber nichts darüber sagen. Schweigen wie ein Grab!"

„Das ist ein sehr delikater Auftrag. Aber den schaff´ ich genauso gut, wie die Aufträge für den gnädigen Herrn Vater. Und schweigen tu´ ich auch wie ein Grab."

„Versuch dann auch eine Möglichkeit zu finden, für eine Antwort an mich, Walter."

„Das werde ich, da ist die Marele ganz gut drin. Eine geheime Aktion für den Herrn, ha, das macht Spaß!" zeigt Walter sein Vergnügen an dem Auftrag.

„Mal schauen, jetzt müsste Marele mit der Herrin im Garten hinter dem Haus sein, beim alten Wehrspeicher. Da ist es warm und nicht zu sonnig. Da werde ich schauen." „Jetzt geh´ und lass Dich nicht ausfragen. Schau einfach beim Anleger vorbei und stell´ kluge Fragen", empfiehlt ihm Anton eine Tarnung seines Auftrags. Walter verlässt mit einem wissenden Lächeln Antons Zimmer.

„Wo ist eigentlich der Walter hin verschwunden. Ich suche ihn und kann ihn nicht finden. Er sollte doch etwas besorgen."

Herr und Frau Barkenstein sitzen mit Anton gemeinsam im Salon bei Kaffee und Plätzchen. Anton tut unwissend.

„Wollte er nicht zum Anleger und sich über die Fahrtenplanungen der Pünten erkundigen?" fragt er.

„Von mir hat er den Auftrag nicht. Von Dir wohl auch nicht. Der Junge wird ganz schön selbstständig. Wenn er nur nichts unbedachtes macht", wundert sich der alte Barkenstein.

„Na, Vater, mit Deinen Aufträgen für ihn nach Münster gibst du ihm auch schon wichtige Arbeit, das prägt den Charakter."

„Da hast Du schon recht, aber ein guter Charakter ist etwas anderes als Überheblichkeit und Leichtsinn. Das kommt im Geschäft nicht gut."

„Ich höre die Tür gehen, dass wird wohl der Walter sein", meldet sich Mutter Barkenstein. Die Tür wird nach kurzem Klopfen leise geöffnet und Walter steht im Rahmen.

„Wünsche einen guten Appetit", meldet er sich bei seinen beiden Herrn.

„Ah, da ist ja der verlorene Sohn. Lass Dir einen Kaffee in der Küche geben und komm´ danach in mein Arbeitszimmer", gibt ihm Wilhelm-August Barkenstein konkrete Anweisungen. Anton beeilt sich seine Plätzchen zu essen und den Kaffee zu trinken. Dann springt er auf und folgt Walter.

„Und ... ?" fragt er ihn auf dem Flur, wo Walter mit einer Tasse Kaffee steht.

„Alles hat gut geklappt. Die Marele hat sofort kapiert was gemacht werden muss. Nach einer Stunde hat sie mir diesen Brief gegeben. Hier bitte." Walter holt den Brief aus der Innentasche seines Rocks und gibt ihn Anton. Dieser lässt ihn sofort in einer Tasche verschwinden und begibt sich auf sein Zimmer. Mit zitternden Händen und Schweiß auf der Stirn hält er dann den Brief in Händen. Was hat Martina wohl geschrieben? Die Schrift auf dem Umschlag erscheint wenig geübt, eher Krakel wie von einer Magd oder einem Kind.

„Ist das Martinas Schrift?" fragt sich Anton. Wohl doch eher die der Tochter eines Bauern ohne Bildung? Langsam und vorsichtig öffnet Anton den Umschlag. Darin liegt nur ein kleiner Zettel, ein abgerissener Teil eines Briefbogens, schnell genommen für die Antwort. Die Schrift auf diesem 'Brief' ist kein Vergleich mit der, auf dem Umschlag. In feiner, graziler und geübt sauberer Schrift sieht Anton nur zwei Sätze ohne Unterschrift.

„Es würde mich sehr erfreuen, würde der Herr sich mit mir treffen wollen. Der von ihm vorgeschlagene Ort, Datum und Zeit entsprechen meinen Möglichkeiten." Anton schwebt! Martina will sich mit ihm treffen. Ihm wird schwindelig im Kopf. Nach einigen Minuten schaut er sich nochmals den Brief an.

Ganz schön pfiffig diese Marele, denkt er, den Umschlag hat sie beschrieben. Im Text ist kein Name genannt und auch die Unterschrift fehlt. Kein Fremder kann damit etwas anfangen.

Oder hat sich Walter dies so ausgedacht? Man kann ihm ja nicht in den Kopf schauen.

KAPITEL 15: ERSTES TREFFEN

„Tanzen kann er ja ganz gut, aber ... ?" Martina hat Zweifel und ist wahnsinnig aufgeregt.

„Was hast du denn, der Sohn vom Ortsvorsteher ist doch eine tolle Partie. Und er sieht so gut aus! Ach ja ...", Marele, Bedienstete und Freundin von Martina Schulze Große-Gronenburg ist nur am Schwärmen.

„Ach Marele, man könnte glauben Du wärst in ihn verliebt", kommentiert Martina das Verhalten. Seit sie den Brief von Anton gelesen hat, drehen sich ihre Gedanken um dieses Thema.

„Ach ... nee, ich weiß was sich gehört. Einen hohen Herrn bekommt unsereiner nur zu Gesicht. Als Mann doch nicht, das sind doch nur Träume oder Märchen. Aber etwas träumen darf man doch!"

„Lass es besser sein, die Enttäuschung ist dann nicht so groß. Gefallen tut er mir ja sehr, nur, wenn ich an den Hof denke, da könnten ganz andere auch versuchen, sich über mich an den heran zu machen."

„Ach was, Fräulein Martina, der doch nicht. Der hat doch so viel Geld, der könnte sich einen eigenen Hof kaufen, wenn sein Vater das wollte. Aber der will Kaufmann wie sein Vater werden. Da brauchen Sie keine Angst zu haben, wenn der Anton Barkenstein fragt, dann ist es ihm ernst", Marele kann Martina nicht verstehen.

„Da magst du schon recht haben. Aber ich bleibe vorsichtig. Er gefällt mir ja auch ganz gut, nur diese Zweifel ... ".

Marele kann es nicht mehr hören.

„Wir müssen jetzt langsam gehen, sonst wartet der junge Herr noch die ganze Nacht. Außerdem sollen Sie im Dunkel nicht mehr draußen sein."

„Na, na da hörst Du Dich ja schon an wie die Frau Oberin bei den französischen Nonnen in Münster. Na gut, wir sollen wohl gehen. Bin ich aufgeregt. Wenn meine Nerven nur nicht ... ", schon hat Marele Martina am Arm gegriffen und Richtung Hofausgang gezogen.

Während dessen steht Anton im Lagerhaus der Barkensteins. Er ist mindestens so nervös wie Martina. Seit einiger Zeit steht er da und wartet. Wird die Tochter vom Überwasserbauer wohl kommen? Der Brief ist das eine, aber es gibt genug Gründe um nicht zu kommen. Da sind die Eltern, besonders der Bauer und seine Ideen mit dem preußischen Offizier. Ihr können aber auch die Nerven durch gegangen sein, dass sie deshalb nicht kommt. Oder zu große Angst vor dem Unbekannten. Dabei hatte er sie doch beim Tanz nach allen Regeln des bürgerlichen Anstands behandelt. Gut, es war in Greven nicht üblich, dass Mitglieder der Kaufmannsfamilien mit denen der Bauern intensiveren Kontakt pflegten. Aber der Überwasserbauer lässt seine Tochter doch erziehen, wie es die Adeligen nicht besser könnten, bei den Lotharinger Chorfrauen in Münster. Mit den Töchtern der Kaufleute konnte Martina mehr als mithalten.

Plötzlich hört er ein Knacken im Gebüsch hinter dem Lagerhaus. Da niemand mehr am Schiffsanleger ist, würde auch niemand von diesem Treffen erfahren. Wie er den Geräuschen nachschaut, sieht er Martina mit ihrer Bediensteten durch die Sträucher am Emshand kommen.

„Ah, da sind Sie ja, liebste Martina", sagt Anton leise. Als er ihr gegenüber steht, nimmt er ihre Hand und gibt ihr einen Handkuss. Martina reagiert mit einem Lächeln. „Lasst uns in das Lagerhaus gehen, hier ist es doch ungemütlich."

„Ein Lagerhaus ist aber auch kein Salon, mein Herr."

„Ihr wisst doch, wie es wäre, wenn unser kleines Treffen im Dorf publik würde."

„Die Münder würden nur so zerfransen ...", gibt Martina zurück.

„Ja, und dies möchte ich Ihnen nicht zumuten, liebstes Fräulein Martina."

„Warum denn erst jetzt so vorsichtig? Ging denn Ihr Ansinnen nach einem Tanz nicht schon zu weit?"

„Ha, da hätten Sie mal die Augen meiner Freunde sehen sollen. Nach außen die großen Sprüche von der Bauerntochter und der Kühehüterin, aber eigentlich waren die richtig neidisch und das zu recht."

„Ach so, Kühehüterin bin ich also ... !"

„Nein, doch nicht dies, liebste Martina, diese Witze kleiner Jungen dürfen Sie doch nicht erst nehmen. Ich weiß ihre Qualitäten zu schätzen und möchte Ihr Herz erobern ...", mit diesen Worten greift Anton etwas hitzig nach Martinas Händen und hält diese fest

„Ah, au, das tut weh!" sagt Martina reflexartig auf den festen Griff von Anton reagierend, „ ... der junge Herr Barkenstein ist aber sehr stürmisch."

„Liebste Martina, verzeihen Sie mein rüdes Benehmen, das wollte ich nicht", sagt er überstürzt und streichelt die Hände der Angebeteten.

„Anton Barkenstein, ich habe mich auch sehr über Ihr Schreiben gefreut, weiß aber nicht, ob ich die wahre Liebe für Sie bin oder nur meine Erbschaft?"

„Was ... ?" Anton ist verstört. „Wie, was ... was soll das? Ich weiß nicht wovon Sie sprechen? Was meint Ihr damit?" Anton schaut sie an, aber weiß nicht so recht, was er jetzt denken soll. Was denkt dieser schöne kleine Kopf über ihn?

„Ach, lieber Anton, Ihr wäret nicht der Erste, der einen begehrlichen Blick auf meines Vater Liegenschaft geworfen hat und meint, über mich zum Ziel zu gelangen."

„Martina, liebste Martina, was denkt Ihr nur über mich! Wisst Ihr nicht wie viel Geld mein Vater hat? Was soll ich mit einem Bauernhof? Ich liebe Sie und nicht die Kühe Ihres Herrn Vater!"

In Antons Kopf dreht sich alles. Jetzt wird er als Heiratsschwindler oder schlimmeres von der Geliebten angesehen.

„Hier, nehmt dieses als Beleg für meine Glaubwürdigkeit", dabei holt er aus seiner Rocktasche einen Ring. Er hatte ihn für sich in Emden gekauft. Eine feine Goldarbeit mit einem roten Rubin.

„Oh, wie schön, der soll für mich sein?"

„Ja, nur für Euch." Anton nimmt Martinas Hand und versucht den Ring auf einen Finger zu schieben.

„Oh, je, er passt nicht ... ist zu groß für die zierlichen Finger ... mal schauen ... ja hier passt er doch ... Hmmm ... , dann ist es eben ein Daumenring." Beide lachen laut und ungezwungen über dieses Missgeschick von Anton. Dabei küsst Anton ihr die Hände. Beide umarmen sich lange und intensiv.

„Ich muss zurück zum Hof, sonst wird Vater noch aufmerksam ...", Martina weiß, dass sie damit die schöne Stimmung beendet. Anton gibt ihr schnell Küsse auf Wangen und Mund.

„Wann können wir uns wiedersehen?"

„Ich weiß nicht, schreib´ mir über Marele."

„Ja, tausend Briefe, jeden Tag! Und noch mehr!" Anton will das Treffen verlängern. Er will sie nicht gehen lassen.

„Lieber nicht so viel, einer reicht doch! Aber pass bitte auf, mein Vater ... !", warnt Martina.

„Werde ich machen. Ich liebe Sie, Dich, Martina!"

„Ich mag Dich auch, Anton", sagt Martina im Tor der Lagerhalle stehend. Dann wendet sie sich um und läuft zu Marele, um den Rückweg anzutreten. Anton steht noch lange Zeit wie angewurzelt da und schaut auf das Tor, auf die Stelle, an der Martina sich verabschiedet hat.

Kapitel 16: Erziehungsmassnahme

Die Einrichtung im Hause Barkenstein entspricht der Höhe der Zeit. Die gediegene Vornehmheit kann sich mit der Mode aus Frankreich messen. Darauf achtet Hermine Barkenstein als Herrin des Hauses. Im Salon sitzt sie mit ihrem Mann am kleinen Tisch und trinkt mit ihm Tee. Diese Stunde am Nachmittag hatten die Eheleute vor einigen Jahren eingeführt. Eine ruhige Runde, in der die Probleme und Perspektiven der Familie besprochen werden können. Ihrem Mann war diese Pause mitten am Tag nicht so recht gewesen. Aber seiner Frau konnte und wollte Barkenstein diesen Wunsch nicht absprechen. Er weiß, dass, wenn sie etwas wirklich wollte, dies auch erreichen würde. Das war schon bei Ihm so gewesen. Eigentlich hatte ihm das Leben ohne die Verpflichtungen einer Familie gut gefallen. Auch hatte er noch so manche Fahrt in fernere Gegenden der Alten Welt geplant. Als er aber seine spätere Frau kennen lernte, war alles ganz anders gekommen. Und so hatte er nach leichtem Widerstand dieser Nachmittagsrunde zugestimmt. Insgeheim mag er es auch, mal für eine Stunde die Geschäfte Geschäfte sein zu lassen und sich zu entspannen. Meistens geht ihm danach die Arbeit viel leichter von der Hand. Und durch diese Stunde kann er die Arbeit am Vormittag, seiner produktivsten Zeit, über die Mittagsstunden hinaus ausdehnen und so effektiver arbeiten.

„Was ist eigentlich mit unserem Sohn los? Was hat der seit einiger Zeit?" fragt Hermine ihren Mann.

„Warum, was soll er denn haben?"

„Ach, Du weißt nicht bescheid? Da habe ich wohl als Mutter das bessere Gefühl für Deinen Sohn. Da ist etwas", lässt sich Hermine vernehmen. Der alte Barkenstein schaut sie fragend an.

„Nu, dann erzähl' mal. Ich würde es zu gerne wissen, was mein Sohnemann für Flausen im Kopf hat."

„Zuerst ist mir auch nichts aufgefallen. Nur das er wieder stärker mit dem Walter zusammen steckt."

„Ach, und das ist verdächtig? Du weißt doch, dass die beiden zusammen aufgewachsen sind."

„Nein nicht das, sondern dass Walter häufiger zu seinem Vater auf den

Kötterhof vom Überwasserbauer gegangen ist. Das erfuhr ich nebenher von unserer Köchin Klementine. Walter fragte sie mehrmals nach Essen für den Vater."

„Darin sehe ich auch nichts schlimmes. Es ist doch gut wenn der Junge wieder mit seinem Vater ein positives Verhältnis hat. Der Streit hat lange genug gedauert."

„Aber, dass er nicht nur zu seinem Vater, sondern weiter zum Überwasserhof geht, das ist ungewöhnlich?"

„Liebe Frau, Hermine. Jetzt aber mal raus mit den Vermutungen die hinter den Ausflügen von Walter Hülsbusch stecken sollen! Sollte ich da etwas übersehen haben?"

„Bei mir hat es auch einige Zeit gedauert. Heute morgen habe ich die Klementine genauer gefragt und sie dabei nicht aus den Augen gelassen. Da hat sie mir das, was sie wusste erzählt."

„Jetzt spann´ mich nicht so auf die Folter! Was ist denn los?" Vater Barkenstein legt seine Zeitung zur Seite und dreht sich in seinem Sessel so hin, dass er seine Frau direkt anschauen kann.

„Ich will es kurz machen. Wenn ich Klementine richtig verstanden habe, ist Walter so etwas wie ein Postbote für Briefe Deines Sohnes an die Tochter vom Überwasserbauer, Martina Große-Gronenburg", gibt Frau Barkenstein ihrem Mann diese neue Information weiter.

„Waaas? Mein Sohn mit der Tochter eines Bauern? Das gibst es doch nicht! Was Ihr Frauen Euch da ausdenkt. Das Gras könnt Ihr ja wachsen hören, aber Anton mit der Tochter eines Bauern? Nein!" Barkenstein ist entrüstet.

„Das sind meine Informationen. Und so schlecht wäre das doch auch nicht. Der Überwasserbauer ist der reichste Hof im Ort. Der ist reicher als so mancher Landadelige."

„Trotzdem! Wie steht dann das Geschäft da, wenn wir in einen Bauernhof einheiraten würden? Meine Geschäftspartner wollen mit einem Kaufmann verhandeln und nicht mit einem Bauern!" Barkenstein ist erregt.

„Wilhelm-August, es ist nicht gut, wenn die Bediensteten alles mit anhören können! Sprich leiser!"

„Und was machen wir jetzt? Ich werde meinem werten Sohn eine Standpauke halten, die es in sich hat. Danach sind seine Flausen weg."

„Das glaube ich nicht. Wie war denn das bei Dir damals. Dein Vater war doch auch nicht über Deine Wahl erfreut."

62

„Das war doch etwas ganz anderes. Immerhin bist Du auch aus einer Kaufmannsfamilie ...“

„Aber aus einer holländischen! Auch nicht gerade das Standesgemäße für die Grevener Kaufmannschaft. Und wenn es ums Geld geht, kann der Überwasserbauer gut mithalten.“

„Was sollen wir denn machen?“ Barkenstein hat sich wieder etwas beruhigt und denkt über die Folgen nach.

„Keine Standpauke oder Strafe. Damit bringst du ihn nur weiter auf seinen Weg. Kann er nicht ein eigenes Kontor z.B. in Rheine aufmachen?“

„Das ist zu nah an Greven. Zudem ist er noch nicht so weit. Er muss noch einiges lernen.“

„Lernen ist gut. Da könnte er doch zu meinem Bruder nach Enschede gehen? Das wäre weiter weg und er lernt auch etwas.“

„Die Idee ist gut, aber er war doch schon dort und hat gelernt. Er würde das als ein Abschieben verstehen. Es müsste etwas sein, was er selbst wünscht“, spinnt Wilhelm-August den Gedanken weiter.

„Dann haben wir es schon gefunden. Als er aus Emden zurück kam erzählte er von seinen Hafenbesuchen. Da sagte er doch, dass er gerne mal nach Amsterdam gehen würde.“

„Das ist gut! Ha, sehr gut sogar!“, Barkenstein ist sichtlich erfreut über die Idee seiner Frau.

„Van Bowden in Amsterdam. Die Geschäftsbeziehungen zum Kontor Van Bowden sind noch sehr jung. Ein Aufenthalt von Anton würde Vertrauen schaffen und die Beziehungen vertiefen. Und wenn er sich in eine Tochter von dem verschaut, na, meinetwegen. Das wäre etwas für's Geschäft und die Familie.“

„Dann haben wir es ja. Anton geht über den Winter nach Amsterdam. Sag´ ihm aber nichts von der Überwassertochter. Mach daraus eine Auszeichnung für sein schnelles Lernen bei Martens“, empfiehlt ihm seine Frau.

„Ein Winter in einer Stadt wie Amsterdam wird ihm die Flausen austreiben. Sehr gut Frau“, sagt Barkenstein, schenkt sich eine Tasse Kaffee ein und liest zufrieden in der Zeitung weiter. Er hatte damals mit seiner Frau doch die richtige Wahl getroffen, denkt er bei sich.

Kapitel 17: Viel neues aus der Welt

Der Winter hängt, obwohl es schon Mai ist, noch immer im Boden und in den Büschen am Ufer der Ems. Dort wo die Sonne nicht mit Ihren Strahlen für Wärme sorgt, liegt weiterhin Schnee. An sonnigen Stellen aber kommen die ersten Blumen aus dem Boden. Insekten suchen schon nach Nahrung in Wiesen, Feldern und Büschen. Die Natur räkelt und streckt sich, um die Kälte und Unwirtlichkeit des Winters abzustreifen.

Langsam fährt eine Pünte die Ems aufwärts Richtung Greven. Nach dem Eis des Winters ist es eines der ersten Kauffahrer, die den Weg von Emden hinauf Richtung Münster genommen hat. Das Schiff ist gut gefüllt mit Waren aus vielen Ecken der Welt. Aus den Kolonien der Batavischen Republik, den Niederlanden, aus dem Norden Europas und aus Frankreich. Die Treidelpferde am Ufer müssen sich stark in die Riemen drücken, um das volle Schiff gegen die Strömung zu ziehen. Das Segel der Pünte ist keine Hilfe bei der Fahrt Flussaufwärts. Die Anwohner der Ems vernehmen den Fahrtverlauf der Pünte durch den Klang der Peitsche der Treidelgänger. Nach dem langen Winter werden die Waren einen hohen Absatz auf den Märkten haben. Der Händler kann einen guten Gewinn erzielen. Dieser Händler heißt Wilhelm-August Barkenstein mit Geschäftssitz in Greven. Am Bug der Pünte steht Anton Barkenstein und schaut auf jede Biegung der Ems, schaut sich jeden Baum und Strauch an. Seit sie das Dorf Emsdetten, in einiger Entfernung vom Fluss, passierten, steht er vorne im Schiff. Lange Monate war er nicht mehr hier gewesen. Lange Monate aber auch kurze Monate. Er erlebte viel, hat eine Menge gesehen, interessante und uninteressante Menschen kennen gelernt.

Von Greven war er auf Anweisung seines Vaters zuerst nach Emden, zum Kontor Martens gefahren, um von dort Amsterdam zu erreichen. Für den alten Geschäftspartner gab ihm sein Vater einen Brief mit. Nachdem Martens den Brief gelesen hatte, meinte der wortkarge Emsländer nur: „So, so, der Hafer sticht auch in Greven jeden der nicht aufpasst." Bei diesen Worten sah er Anton an und lächelte etwas hintergründig. In den nächsten Tagen half er im Kontor von Martens. Mit mehreren Schiffen befuhr das Untenehmen von Emden aus die Nordsee und den Kanal bis England. Bis Bremen, Hamburg und zu Häfen in der Batavischen Republik kamen seine Schiffe und holten Waren. In Emden wurden die Schiffe entladen, die Waren eingelagert oder umgeladen. Mit kleineren Schiffen ging es die Ems hinauf. Auch von Emden aus fahren Pünten die, ohne umzuladen, den Weg bis Greven schaffen. Nach einigen Tagen rief Martens ihn in sein Büro. Umgeben von Schiffskarten, Reiseerinnerungen und Regalen mit Büchern und Unterlagen saß Martens hinter einem von Papieren bedeckten Schreibtisch.

„Junge, ich kenne deinen Vater nun schon über zwanzig Jahre. Und wir haben schon so manch´ schönes Geschäft gemacht. Ich habe an Ihm und er an mir so manchen guten Taler verdient. Aber wir haben uns immer gut verstanden. Wie er mir geschrieben hat, sollst Du weiter nach Amsterdam fahren?"

„Ja, das stimmt, Herr Martens, das ist auch mein Wunsch, nach Amsterdam zu gehen", antwortete Anton.

„Junger Mann, dieses Amsterdam ist eine wirkliche Stadt von Welt. Du weißt ja, dass meine Schiffe auch zu Häfen in der Batavischen Republik fahren. Ich habe in den Häfen dort Geschäftspartner. In den nächsten Tagen läuft ein Schiff von mir nach Amsterdam aus. Das wirst Du nehmen für die Fahrt. Den Kapitän habe ich schon informiert."

„Vielen Dank. Ich komme nach Amsterdam, ein Traum!" Anton freute sich ehrlich über diese Neuigkeit.

„Bei meinem Geschäftspartner Van Bowden in Amsterdam wirst Du für die Zeit dort leben. Er wird Dich auch in sein Kontor aufnehmen. Dadurch kannst Du noch mehr lernen, was Deinem Vater gefallen wird. Ich werde Dir ein Schreiben an Van Bowden und Geld für Deinen Unterhalt mitgeben."

Sein Vater hatte ihn als Kind nach Münster, der Hauptstadt des Fürstbistums, mitgenommen. Mit seinen großen Kirchen und Adelshöfen war die Stadt das Größte und Imposanteste was er kannte. Aber Amsterdam, das ist etwas ganz anderes. Erzählt hatte ihm sein Vater früher von dieser Stadt, seinem Hafen und den fernen Zielen der Schiffe. Jetzt kommt er in diese große Stadt, kann dort leben und viel Neues kennen lernen. Drei Tage später schifft er sich auf einem von Martens Hochseeschiffen nach Amsterdam ein. Jetzt erweist es sich als sinnvoll, dass ihn sein Vater englisch lernen lies. Er meinte damals, dass ein Kaufmann das gut gebrauchen könne, auch wenn mit dem Krieg Napoleons gegen England die Beziehungen zu dem Land unterbrochen wurden. Trotz der geringen Sprachkenntnisse verständigte er sich auf dem

Schiff mit dem Kapitän und Matrosen. Er erfuhr dabei, dass das Schiff auf dem Weg in die neue Welt ist und welche Voraussetzungen zur Einreise in die USA zu erfüllen sind.

In Amsterdam werden weitere Waren geladen für den Markt in den nordamerikanischen Staaten. Was er in Amsterdam sah, ist imponierender als alles bisherige in seinem Leben. Allein die Schiffe im Hafen sind einer großen Stadt gleich. Mast an Mast, höher als ein Kirchturm. Im Kontor von Van Bowden lernte er das weltweite Geschäft mit Waren aller Art kennen. Die verschiedenen Schiffsarten, ihre Vor- und Nachteile waren ihm bald bekannt. In Gesprächen mit Offizieren und Matrosen lernte er so manch´ wilde, lustige und traurige Geschichte aus der Seefahrt kennen. Herr van Bowden führte Anton in die Gesellschaft von Amsterdam ein. So manches Fest, Familienfeier und öffentliche Vergnügung besuchte er. Aus dem gut-katholischen Münsterland ins protestantische Amsterdam war es auch eine neue religiöse Erfahrung für ihn. Advent, Weihnachten und der Jahreswechsel in einer anderen Welt bringen für Anton ganz neue Erkenntnisse. Dank der Briefe seines Vaters und von Herrn Martens entstehen hieraus keine großen Probleme für Anton. Er erlernte in dieser Zeit den Volkssport der Amsterdamer im Winter. Wenn das Eis auf den Grachten hält, fahren die Niederländer mit Gleitschuhen darauf herum. Die einen zum Spaß, die anderen nutzen das Eis zum Transport und zur Reise durch das Land.

Mit dem Frühjahr kamen Anton Überlegungen, die sich mit einer Rückfahrt nach Greven beschäftigten. Sein Vater hatte ihm keinen genauen Zeitpunkt für die Rückkehr gesagt. Deshalb fragte er an einem Tag im April Van Bowden, wann denn eines seiner Schiffe nach Emden fährt und er dieses für die Rückfahrt nehmen könne.

Am Bug der Pünte stehend schaut Anton den Fluss hinauf und geht seinen Gedanken nach.

Als kleiner Junge war es für ihn ein großes Abenteuer, mit seinem Vater auf einer Pünte mitgenommen zu werden. In Emsdetten wartete dann eine Kutsche und nahm ihn zurück nach Greven mit, während sein Vater weiter fuhr. Auch Ausflüge mit Walter Hülsbusch zum Fluss waren immer spannend. Mit dem Knecht, der heute als Kutscher im Hause Barkenstein arbeitet, verbindet ihn eine Zuneigung, ohne das er mit ihm gemein wäre. Der gesellschaftliche Unterschied verbietet dies. Je näher er der vertrauten Landschaft und den bekannten Hütten und Häusern kommt, um so deutlicher macht sich in seiner Erinnerung auch das Bild von Martina wieder fest.

Was ist wohl aus ihr geworden? Die Abreise auf Befehl seines Vaters war so kurzfristig, dass er nur noch Walter beauftragen konnte, sie zu informieren. Briefe zu schreiben war während des Winters nicht möglich. Hatten der Überwasserbauer und der Grotthoff Martina schon zur Hochzeit mit diesem Werner gezwungen? Oder hat dieser Preußische Offizier sich beim Große-Gronenburg einschmeicheln können? In diesen Kreisen ist das ja üblich, egal was die Kinder denken oder fühlen. Da geht es um den Hof und um nichts anderes. Aber Martina hat doch einen starken Willen oder besser Dickkopf.

So steht er am Bug der Pünte, denkt an Martina und kommt Greven immer näher. Nach einer letzen Flussbiegung sieht er das Dorf Greven, dominiert von der alten Marktkirche St. Martinus, vor sich auf der Uferklippe. Auch die Püntenfahrer und die Treiber mit den Treidelpferden am Ufer freuen sich über die Heimkehr nach langer Fahrt und machen dies durch Freudenrufe deutlich. Er aber sieht nur den Ort, seine Erinnerungen und Martina. Seine Augen sind auf Greven gerichtet, das im Licht der Nachmittagssonne liegt. Sein Blick ist verträumt, so als denke er an die vielen Jahre seiner Jugend in diesem Dorf.

„Hallo Herr Barkenstein, willkommen in Greven ... !" Anton reagiert nicht. In seinen Augen und seinen Gedanken ist er weit weg.

„Anton! Herr Barkenstein. Willkommen in Greven!!" Anton reagiert erst jetzt.

Die Pünte ist nur noch wenige Meter vom Anleger entfernt. Grevens Reichtum und Bedeutung ruhen in diesen Holzplanken und den Lagerhäusern. Diese eher armselige Anlage ist so etwas wie der Hafen der ehemals fürstbischöflichen Hauptstadt Münster. Da bei Schöneflieth, direkt südlich von Greven, eine Stromschnelle die Weiterfahrt auf dem Fluss unmöglich macht, wurde diese Anlandung errichtet. Hier werden die Waren, die über die Ems kommen ausgeladen und mittels Pferde- oder Ochsenwagen nach Münster gekarrt.

Deshalb hat Greven auch eine zweite Brücke über die Ems bekommen. Die gibt es sei ungefähr 30 Jahren und erhöht die Bedeutung des Ortes. Gerade Grevens Kaufleute und Großbauern sind deshalb auch etwas enttäuscht, das ihre Gemeinde noch nicht zur Stadt erhoben worden ist. Aber jetzt unter den Preußen, ist eine solche Entscheidung noch unwahrscheinlich, Berlin ist weit und wer kennt dort Greven.

„Herr Barkenstein, das ist aber ein freudige Überraschung. Wir waren ja gar nicht informiert von Ihrer Rückkunft."

„Tag Walter, bist gesund und wohl genährt. Dir geht's gut." Es ist mehr eine Feststellung denn eine Frage. Anton springt über die niedrige Bordwandung der Pünte auf den Anleger und geht auf Walter zu.

„Aber der Herr Barkenstein erst mal. Ist ja gar nicht wieder zu erkennen, ein richtiger Herr in seinem teuren Wams. Ist das jetzt Mode in der großen Welt, in Amsterdam?" Bevor er die Rückreise antrat, erwarb Anton in Amsterdam noch Rock und Hose nach der aktuellen Mode. Diese Mode war in Greven und wahrscheinlich auch in Münster noch nicht angekommen.

„Zumindest als ich abreiste trug man es! Aber sag´ an, was ist denn hier los? Was ist hier im Dorf geschehen? Was soll denn dieser Trubel auf der Emsstraße und der Brücke? Und die Soldaten?"

Anton und Walter gehen langsam den Weg vom Anleger zur Straße und Brücke hinauf. Zwischen stehenden Wagen und wartenden Menschen müssen sie sich einen Weg bahnen.

„Ach je, werter Herr, Ihr steht jetzt an einer Grenze. Der Napoleon hat eine Schlacht gewonnen, irgendwo weit im Osten, und wir müssen jetzt den Preis für seinen Sieg zahlen. Der Franzmann hat ein neues Land gebastelt, heißt Fürstentum Rheina-Wolbeck ..."

„Davon habe ich unterwegs in Rheine schon gehört, wir mussten dort durch eine Zollsperre. Aber dies hier, die Soldaten, der Aufruhr?"

„Ja, aber die Grenze ist jetzt die Ems, ganz Links der Ems? Aldrup, Herbern, Hembergen und Westerode – liegt jetzt in diesem Franzosen-Fürstentum. Gleich im Januar, nach Drei-König kamen Soldaten und errichteten die Grenze. Sie nehmen Zoll für den Fürsten in Rheine und lassen nicht mehr jeden hinein in ihren Staat."

„Und das hier, die Lagerhäuser, die Anlandung?"

„ ... ist neutral, damit die hohen Herren auch weiterhin ihre Waren bekommen können. Es ist eine schlimme Zeit. Ich kann nur mit großer Gefahr meine Mutter besuchen, es hat sie sehr mitgenommen. Preußenfreunde wie Euer Vater sind jetzt nicht gern gesehen – obwohl der sich beim Blücher wohl für Erleichterungen eingesetzt hat."

„Und wie geht die Grenze auf die Geschäfte?"

„ ... das geht schon, aber nur wegen der Ems, und der Neutralität der Anlandung. Über Land war's ja nie so doll, aber jetzt ist es nach Westen noch schwieriger."

„Und was ist sonst noch passiert?"

„Den Husaren-Offizier gibt's noch. Der ist ganz schön aktiv. Beim Überwasserbauer hat er ganz schön wegen seiner Tochter herum gemacht."

„Ja, ja, ich weiß, aber von der Martina habe ich seit Januar nicht mehr viel gehört. Sitzt mit dem Offizier beim Überwasserbauern herum. Mutter sagte mir mal, dass es aber nicht so dolle bei ihr ist wie er gern hätte. Komisch, aber der Blütow kommt auch heute noch über die Grenze zum Überwasserbauern. Auch Wagen von dem kommen herüber – aber damit habe ich mich nicht beschäftigt."

„Tu mir einen großen Gefallen – besuche doch mal wieder Deine Eltern und versuche dabei diese Magd ... wie hieß sie bloß noch ..."

„Ich weiß schon ... mach´ ich, aber jetzt begrüßen Sie mal erst Ihre Eltern."

Sie gehen zwischen den Menschen und Wagen auf das Dorf zu. Anton grüßt im vorbeigehen den einen oder anderen Bekannten. Walter bleibt zurück und sagt den Gegrüßten die aktuelle Neuigkeit. Anton geht den langsam ansteigenden Weg Richtung Martinuskirche. Dann biegt er links in die Bergstraße ab zur Marktstraße, an der das Barkensteinhaus liegt. Vor der Haustür bleibt er steht, atmet noch einmal tief durch und klopft an.

KAPITEL 18: NEUES AUS GREVEN

„Amsterdam ist eine tolle, riesige Stadt. Dort kann man jeden Tag etwas neues erleben. Dagegen ist Münster ein Dorf." Anton sitzt mit seinen Eltern im Salon des Hauses Barkenstein. Die Aufregung der Eltern und Bediensteten nach seiner Ankunft hat sich wieder gelegt.

„Wie ist es Dir denn in der großen Stadt ergangen? Erzähl' doch Junge!" regt ihn seine Mutter Hermine Barkenstein an.

„Ja, wo soll ich denn anfangen? Die Familie Van Bowden war sehr nett. Sie hat mich sehr freundlich aufgenommen. Ich habe ein eigenes Zimmer bekommen, direkt mit Blick auf den Kanal. Die heißen in Amsterdam Gracht."

„Wie war das Haus, das Essen und die Familienmitglieder?"

„Mutter, doch nicht alles auf einmal. Also, an das Essen musste ich mich gewöhnen. Es gab fast täglich Fisch. Na, ja, das haben die dort ja vor der Haustür. Und Käse aus Kuhmilch. Die können in der Batavischen Republik, so heißen ja die Niederlande, seit die Franzosen dort vor acht Jahren einmarschiert sind, nicht so gut ackern, da der Boden so tief liegt und feucht ist. Deshalb nutzen die das Land für Wiesen und schicken Kühe zum Abweiden drauf."

„Davon habe ich gelesen. Sind denn wirklich so viele Windmühlen zu sehen?" Mutter Barkenstein lässt ihrer Neugierde freien Lauf.

„Die sind der Lebensschutz in den meeresnahen Bereichen des Landes. Zum Meer hin sind hohe Deiche aufgeschüttet. Aber auch im Land finden sich Deiche. Dazwischen verlaufen Kanäle in Richtung Meer. Die Windmühlen treiben Pumpen an, die das Wasser in das Meer drücken."

„Also so wie auf den Bildern?"

„Ja, so wie Du es auf Bildern gesehen hast. Das sieht ganz schön aus, wenn sich ganze Reihen von Windmühlen drehen. Man kann ganz weit sehen, fast bis zum Horizont. Und überall sind große und kleine Kanäle. Auf den großen Kanälen fahren Schiffe zwischen den Städten, so wie die Pünten auf der Ems."

„Und die Schiffe fahren auch in Amsterdam?"

„Genau, zwischen den Häusern in den Grachten. Es wohnen auch Amsterdamer auf Schiffen in den Grachten."

„Und wie sieht es in der Stadt aus?"

„Ganz anders als in Münster. Der Boden ist wertvoll. Nur Reiche können sich große Häuser oder Paläste leisten. Aber schon wohlhabende Familien wie die Van Bowdens können sich das nicht leisten. Deshalb sind die Häuser dicht aneinander gebaut. Gärten oder etwas ähnliches gibt es nur sehr selten." „Oh, nur Mauern und Gärten?"

„Ja, dafür vor und häufig hinter dem Haus Grachten. Zu jedem Haus gehört ein Anleger für Boote. Auch zur Kirche wird mit dem Boot gefahren."

„Konntest Du denn regelmäßig die heilige Messe besuchen?" erkundigt sich seine Mutter.

„Für unsere gutgläubigen Katholiken in Greven wäre Amsterdam so etwas wie der Vorraum zur Hölle."

„Sohn, versündige Dich nicht!"

„Ja, ja, aber man kann doch mal laut nachdenken. Es gibt auch Katholiken, aber bei den anderen Religionen kommt man schon durcheinander. Anglikanische, Niederländisch Reformierte, Englisch Reformierte und noch mehr Kirchen gibt es in Amsterdam. So richtig habe ich den Unterschied nicht begriffen. Aber die Meisten sind bei einer der reformierten Kirchen. Dann sind in Amsterdam auch viele Juden. Die haben eine große Synagoge."

„Und für gute Katholiken gibt es kein Gotteshaus?" fragt Mutter Barkenstein.

„Wir Katholiken sind nicht so gut angesehen. Bis zur offiziellen Glaubensfreiheit 1795 trafen die sich in Geheimkirchen zur Messe. In der Kapelle im Begijnhof ging ich zur Messe. Der Hof ist ein Kloster für katholische Frauen. Ich musste mich erst durchfragen um die Kapelle zu finden."

„Hast Du denn die Sprache verstanden?"

„Das war schon eine Umstellung, aber es ging besser als ich befürchtete. Mit meinem Münsterländer Platt, was ihr nie hören wolltet, bin ich weiter gekommen. Und man lernt schnell, wenn man es muss. Auch das Englisch hat mir gut geholfen."

„Und die Amsterdamer waren nicht abweisend oder beleidigend?"

„Ha, die wurden richtig freundlich. Ich habe nämlich gesagt, dass ich aus Münster komme. Greven kennt doch dort niemand. Wenn die aber Münster hören, denken die sofort an den Westfälischen Frieden. Damals wurde den Niederländern ihr Land vertraglich abgesichert. Das vergessen die nicht. Deswegen waren die freundlich zu mir."

„Eine interessante Information, vielleicht lässt sich dies für unser Geschäft nutzen", denkt der alte Barkenstein über diese Information nach.

„So Junge, jetzt mal etwas anderes. Wie war es denn im Kontor von Van Bowden?"

„Ah, ja, das hätte ich schon fast wegen der Fragen vergessen. Dieses Schreiben soll ich Dir geben von Herrn van Bowden."

„Danke. Mal schauen. Oh, ein langer Brief, wohl über Deine Arbeit und unsere Geschäfte, den werde ich später lesen."

„Schön Vater. Aber jetzt hätte ich auch eine Frage. Was ist eigentlich zwischenzeitlich an der Ems geschehen. Die Grenze und alles was damit zu tun hat?"

„Das ist eine ganz unangenehme Entwicklung", beginnt der alte Barkenstein seinen Bericht, „Es war im Januar, so um den 12. muss es wohl gewesen sein. Die Preußischen Truppen zogen sich auf unsere Seite der Ems zurück. Das heißt, sie marschierten, ritten und fuhren nach Münster. Aber das ist der Schlusspunkt einer längeren Entwicklung und es hängt natürlich mit diesem Franzosen, diesem Napoleon zusammen. Eine Geißel der Menschheit ist der. Die Preußen wollten den zusammen mit Russland und Österreich aus Frankreich vertreiben. Das ging mächtig nach Hinten los, die drei Koalitionsmächte verloren den Krieg und mussten dem Franzosen dafür bezahlen. Der nahm reichlich.

Im Frieden von Lunéville, am 9. Februar vorletzten Jahres wurde der Vertrag unterschrieben, erhielt er alles Land westlich des Rheins. Die Entschädigung, unter anderem auch der Preußen für das verlorene Land links des Rheins, erfolgte mit der Säkularisation, der Auflösung der Klöster und Fürstbistümer und dem Übergang an weltliche Mächte. Dadurch wurde Preußen Herrscher über unser schönes Westfalen."

„Vater darüber haben wir doch schon öfter gesprochen, nachdem Du in der Zeitung gelesen hast. Aber diese Grenze durch Greven?"

„Darauf komme ich jetzt. Es gibt da diesen Herzog von Looz-Corswaren. Der hatte wohl links des Rheins Ländereien und Herrschaftsgebiete, die er an den Napoleon verlor. Dafür erhielt er einen langen Streifen Land von Greven im Süden bis nach Lingen, entlang der Ems. Das hast Du doch auf der Fahrt über die Ems gesehen."

„Stimmt. Aber ich wollte es doch mal genauer wissen."

„Ja, so ist das. Im Januar kamen dann die Preußen herüber. Am gleichen

Tag wurde an der neuen Emsbrücke eine Zollstation gebaut. Schlagbaum, Zollhaus und alles was sonst dazu gehört. Den Befehl an der Grenze hat ein Franzose, ..." Anton schaut seinen Vater fragend an, „ ... ja, ein Franzose, genauer ist er wohl aus dem Elsass, von Straßburg her."

„Scheint ja eine bunte Mischung bei den Soldaten dort zu sein?"

„Zumindest dieser Elsässer, Gilbert Baumgartner heißt er. Er spricht gut deutsch und natürlich französisch und sogar etwas englisch. Ich hatte mit ihm gesprochen wegen dem Kirchspiel hier in Greven. Es gibt da für die Gläubigen von links der Ems einige Probleme mit dieser Grenze. Zuerst sollten sie nicht über die Grenze kommen dürfen. Aber, jeder Mensch hat eine gewissen Empfindlichkeit gegenüber bestimmten Argumenten. Zumindest können jetzt die Gläubigen aus links der Ems am Sonntag zum Gottesdienst kommen. Ich hoffe es zumindest. Werde aber nächsten Sonntag wieder ein Auge darauf haben."

„Der Püntenanleger ist doch noch preußisch? Das habe ich erlebt als ich hier ankam."

„Stimmt, das ist auch so eine Merkwürdigkeit. Um *Krögers Kämpken* macht die Grenze einen Bogen. Der Anleger und der Teil der Straße bis zum Anleger ist noch preußisch – zum Glück! Was wäre aus dem Emshandel geworden? Zumindest hätte es eine Erhöhung der Belastungen durch zusätzlichen Zoll gegeben."

„Ach ja, der Zoll, da habe ich noch eine Kleinigkeit als Heimkehrgeschenk für Dich Mutter. Ich habe es erfolgreich am Zoll vorbei geschmuggelt. Hier ein kleines Päckchen mit besonderem Inhalt. Aber schau selbst ... ". Anton überreicht ihr ein kleines Päckchen. Seine Mutter nimmt es mit einem überraschten Gesichtsausdruck entgegen. Nach dem Öffnen ruft sie erfreut und ungläubig auf.

„Sohn, das ist aber ein sehr wertvolles Geschenk, viel zu teuer für Deinen Geldbeutel!"

„Amsterdam ist nicht nur die Hauptstadt der Batavischen Republik, sondern auch des Diamantenhandels. Deshalb habe ich die funkelnden Steinchen auch günstiger bekommen. Also freue Dich daran! Du kannst Dir die Diamanten in einen Ring einarbeiten, da passen sie sehr gut hin."

„Danke, Sohn, eine richtig große Überraschung."

„Für Dich Vater habe ich einige Zigarren mitgebracht. Von Bowden hat mir dabei geholfen, die Richtigen für dich auszuwählen. Du hattest Ihm wohl schon mal eine Bestellung zukommen lassen."

„Danke! Ja, Amsterdam ist auch eine Hochburg des Tabakhandels. Der lange Abend hat mich aber schön ermüdet. Ich werde zu Bett gehen, denn morgen warten neue Geschäfte auf mich. Und Du kannst dann mal zeigen, was Du so gelernt hast."

KAPITEL 19: FREUNDE UNTER SICH

„Jetzt lass´ Dir doch nicht alles aus der Nase ziehen. Erzähl doch mal ... ! Wie war denn jetzt Amsterdam?" fragt Karl Schlüter seinen Freund Anton. Zusammen mit ihm und Willi Tersteegen sitzt Anton im *Goldenen Reh* beim Bier, um auf die Rückkehr von seinem Aufenthalt in Amsterdam anzustoßen.

„Groß, ja riesig ist die Stadt. Ganz viele Häuser aus Stein, Kirchen, Paläste und ein großer Hafen. An jeder Ecke sind Brücken über die Kanäle, die wichtiger sind als die Straßen", antwortet Anton „Wie? Kanäle? Kannst Du in Amsterdam nicht reiten oder zu Fuß gehen?"

„Doch schon. In der Mitte ist ein Kanal mit Schiffsanlegern vor den Häusern. An jeder Seite der Kanäle sind Straßen, gepflasterte Straßen, für Fußgänger, Kutschen und Pferde", ergänzt Anton.

„Aha, also doch nicht alles Wasser in Amsterdam."

„Habe ich auch nicht behauptet! Aber die Pünten und Küstenschiffe können durch die Kanäle in der Stadt direkt vom Hafen vor die Häuser der Kaufleute und Händler fahren", erläutert Anton.

„Das ist ja praktisch für den Transport und die Händler. Kein großes hin- und herräumen und die Waren sind vor dem Geschäft", bewertet Willi das gehörte.

„Und der Hafen? Der muss ja das Größte sein?" will Karl jetzt wissen.

„Na, und wie! Da liegen Schiffe, die kannst Du Dir nicht vorstellen. Selbst die Bilder in unseren Büchern kommen da nicht mit. Schiffe mit Masten so hoch wie der Martinus-Kirchturm", beschreibt Anton seine Eindrücke.

„Wenn das Pastor Jansens wüsste, der würde Dir bei dem Vergleich gleich die Beichte verweigern ...", warnt Karl seinen Freund.

„Stimmt aber trotzdem. Und nicht nur eines von diesen Riesenschiffen. Dreißig, fünfzig vielleicht sogar hundert solcher Schiffe liegen da im Hafen. Und überall rennen Arbeiter, die die Schiffe entladen oder beladen."

„Da ist dann ja ein ganzer Wald von Masten und Segeln?" staunt Willi.

„Das muss ja riesig aussehen!"

„Sieht es auch aus. Große Handelsschiffe mit dicken Bäuchen. Schlanke und schnelle Kriegsschiffe mit vielen Kanonen und sehr gefährlich. Dazwischen kleine Frachtschiffe und Pünten für den Transport ins Hinterland.

Ein Ameisenhaufen sieht ähnlich aus", schwärmt Anton.

„Und die Stadt selber?" drängt Karl auf weitere Informationen.

„Ja, die Stadt – die Niederländer haben die Stadt ganz logisch geplant. Sie besteht aus einem großen Halbkreis um den Hafen. Der Halbkreis ist in einige Halbkreisringe unterteilt. Dazwischen liegen die Kanäle, dort Grachten genannt, mit den Straßen zu beiden Seiten. Diese großen Grachten werden von kleinen Grachten verbunden. Auf den Inseln zwischen den Grachten stehen die Häuser", stellt Anton den Grundriss der Stadt Amsterdam dar.

„So viele Kanäle oder Grachten und nur für den Schiffsverkehr?" staunt Karl.

„Nicht nur. Ihr wisst ja wohl, das dieses Land unter dem Meeresspiegel liegt. Die Grachten dienen auch dazu, Wasser aus der Stadt zu Pumpen. Deiche schützen Amsterdam vor den Fluten aus der Nordsee", doziert Anton weiter. So mancher Gast des *Goldenen Reh* hört interessiert den Ausführungen Antons zu. Wer war denn auch schon mal so weit aus Greven heraus gekommen?

„So, jetzt brauch´ ich ein neues Bier, das ganze Reden macht durstig", unterbricht Anton sich selbst und steht auf. An der Theke bestellt es für sich und seine Freunde neues Bier.

„Unser Kaufmannssöhnchen erzählt von der großen Welt?", lässt sich eine Anton bekannte Stimme vernehmen.

„Mit solchen Geschichten kann er auch Bauerntöchter einfangen."

„Der Herr von Blütow! Wenn es ihm nicht schmeckt, kann er ja eine andere Lokalität aufsuchen!" antwortet Anton gereizt. „Dort soll das Bier auch schmecken."

„Lege er sich nicht mit mir an, Bürschchen. Wenn ich etwas will, habe ich es bisher immer bekommen!" droht ihm plötzlich Von Blütow.

„Was hat denn der hohe Herr? Kommt er nicht mehr bei jeder Bauerntochter an in seiner feschen Uniform?" stichelt Anton weiter.

„Er sollte seine Finger von der Tochter des Überwasserbauern lassen. Es würde ihm ansonsten nicht gut bekommen!" verschärft Von Blütow seine Drohung.

„Meine Herren, warum so unfreundlich?", mischt sich eine Stimme in den Disput ein.

„Ist es denn einem adeligen Herren gemäß, sich mit einem westfälischen Krämerjungen zu streiten, Herr von Blütow?"

Die Stimme stammt von einem Mann in schwarzer Kleidung mit weißem Kragen. Anton hat ihn in der Vergangenheit schon mehrmals im Ort gesehen. Auf dem großen Markt im letzten August hatte er gesehen, wie dieser Walter Hülsbusch ein Buch über französische Philosophen geschenkt hatte.

„Was mischen Sie sich denn hier ein? Herr von Theile", erwidert Von Blütow wirsch.

„Gerade deshalb. Für einen Adeligen ist es doch unter seiner Ehre, sich mit einem Bürgerlichen zu streiten. Da muss ich drauf' achten, da das Volk in dieser Sache keinen Unterschied zwischen Ihnen und mir machen würde", erklärt Von Theile seine Intervention.

„Bürschchen, ich erwische Dich noch!" lässt Von Blütow eine Drohung hören und verlässt den Schankraum. Anton nimmt die drei Biere und geht zum Tisch zurück.

Der Blütow hat noch immer etwas mit der Martina vor. Der will wohl den Hof übernehmen. Dann wäre er hier in Greven ein gemachter Mann. Und der Überwasserbauer hätte einen Nachfolger für den Hof, denkt sich Anton.

Nachdem er das Bier am Tisch verteilt hat und selber sitzt, tritt Von Theile hinzu.

„Ist es erlaubt sich zu setzen? Es würde mich sehr interessieren, Ihre Ausführungen zu hören", fragt er.

„Oh, adeliger Besuch an unserem armen Krämertischlein ... aber warum nicht? Was war denn an der Theke los?" möchte Karl wissen.

„Ach, der Blütow hat gestänkert wegen der Martina Große-Gronenburg. Scheinbar will der was von ihr. Sie wird wohl nicht wollen", sagt Anton.

„Dieser Offizier ist auch eine schöne Landplage. Den sollten die Preußen besser direkt auf den Napoleon hetzen als uns damit zu belästigen", lässt Willi seine Meinung hören.

„Wenn ich mich mal einmischen darf. Um diesen Offizier aus Greven weg zu bekommen, muss er beim Blücher in Ungnade fallen", erklärt Von Theile den Freunden die Situation.

„Wie sollen wir das denn machen? Der ist doch ganz dick mit dem", zweifelt Willi an den Möglichkeiten.

„Aber diese Frachtfahrten von dem. Das ist nämlich komisch. Ich habe schon öfter Fahrten über die Grenze ins Fürstentum gesehen. Auch Schiffsknechte haben mir davon berichtet", gibt Karl eine Beobachtung wieder.

„Aber was wollen Sie, Herr von Theile, mit Von Blütow? Der hat Ihnen doch gar nichts getan. Oder doch?" will Willi genaueres wissen.

„Meine Herren, es handelt sich um eine Angelegenheit der Ehre, die mich mit Herrn von Blütow verbindet. Eine Angelegenheit, die nicht an diesen Tisch gehört. Lassen Sie es bei dieser Erklärung bewenden! Ich werde Ihnen bei dem Problem Von Blütow behilflich sein", biegt Von Theile mit deutlichen Worten dieses – ihm unangenehme – Thema ab.

„Aber wie sollen wir ihn wegen seiner Fahrten über die Grenze belangen? Sind die überhaupt strafbar? Mit wem handelt der dort? Diese fremden Grenzer kontrollieren an der neuen Zollstation doch besonders scharf. Dieser neue Fürst soll eine dolle Hofhaltung auf dem Kloster Bentlage in Rheine betreiben. Der braucht jeden Taler dafür", zweifelt Karl an der Möglichkeit, den Offizier zu belangen.

„Wir brauchen einen schriftlichen Beleg für sein Tun. Jemand müsste die Wagen verfolgen und schauen, wo er die Waren einkauft", erklärt Von Theile das Vorgehen.

„Ja, so machen wir es. Ich habe darüber nachgedacht. So müsste es klappen. Der Walter wird schauen wann der Preuße seine nächste Fahrt macht und ich verfolge ihn dann über die Grenze. Die Ems kennen wir ja seit unserer Jugend, da gibt es genügend Schlupflöcher. Die Soldaten können auch nicht jeden Meter Ufer beobachten", erklärt Anton, nicht ohne seine Wut gegen den Offizier zu vergessen.

„So, das wäre dies, jetzt aber Schluss mit diesen Räuberpistolen! Ich will mehr über Amsterdam und die weite Welt wissen, erzähl mehr davon Anton", beschwert sich Karl.

Anton erzählt noch vieles über seinen Aufenthalt in Amsterdam und die Reise dorthin und zurück. Der Abend vergeht für die vier Verschworenen wie im Fluge bei Antons Erzählungen und den Nachfragen der Freunde.

Kapitel 20: Überwasserbauer

Anton Barkenstein möchte gar nicht aufstehen. In seinem Kopf ist ein ziemliches Leeregefühl. So ähnlich geht es auch in seinem Magen zu.

Wenn ich doch nur nicht so viel von dem Bier getrunken hätte, denkt er im Halbschlaf. Es war doch zu schön, in kleiner Runde mit seinen Freunden und Von Theile im *Goldenen Reh* ein Komplott zur Vertreibung des preußischen Offiziers aus Greven zu entwerfen. Und später die Berichte über seinen Aufenthalt in Amsterdam und die Reise dahin. Nachdem er alles erzählt hatte, berichteten die Freunde über die Ereignisse in Greven während der vergangenen Monate. Plötzlich war Sperrstunde und das *Goldene Reh* musste schließen. Und jetzt liegt er hier im Bett, warm eingemummelt und will so recht nicht heraus. Aus dem alkoholisierten Nebel seiner Gedanken schält sich die Erinnerung heraus, dass er heute noch etwas unternehmen muss, die Beschattung von dem Von Blütow. Der Walter muss herausfinden, wann der nächste Transport aus Rheina-Wolbeck nach Münster geht.

Langsam aufsetzen und mal schauen wie es ausgeht. Oh, der Kopf! Aber mit etwas gutem Wille geht es, denkt er. Langsam und mit mehreren Pausen steht Anton auf, gießt sich kaltes Wasser aus der Wasserkanne ins Gesicht und zieht sich Kleidung an. In der Küche gibt ihm Klementine Milch, Brot und Wurst für ein Frühstück. Der Kaffee ist teuer, den gibt es gegen seinen 'Kater' nicht.

„Ah, der junge Herr ist auch aufgestanden. Muss ja gestern ein großes Wiedersehen mit den Freunden gegeben haben. Es war schon recht spät, als ich die Tür gehen hörte. Essen sie mal gut, dann geht es auch besser", redet Klementine und weiß wahrscheinlich nicht, welche Wirkung ihre helle Stimme in Antons Kopf anrichtet.

Mit einem großen Becher Milch geht er aus der Küche in den Hof und sucht nach Walter.

„Schönen guten Morgen. Der junge Herr Barkenstein war ja gestern wie in alten Tagen aktiv", ruft ihm Walter entgegen.

„Nicht so laut ... !" kann Anton mehr krächzen als rufen und hellt sich mit einer Hand den Kopf. Deutlich leiser sagt Walter: „Oh, das kenne ich auch, das letzte Bier war bestimmt schlecht. Aber was macht der Herr denn hier?"

Mit belegter Stimme erklärt ihm Anton: „Ich muss mit Dir sprechen. Komm mit in den Stall, da können wir besser sprechen." Er nimmt Walter bei der Schulter und schiebt ihn in Richtung Stalltür. Gut beobachtet von den Pferden der Barkensteins stehen die beiden im Stall und Anton führt ihm aus:

„Walter ich habe einen Auftrag für Dich. Deine Eltern wohnen doch in der Nähe vom Überwasserhof. Kannst du sie besuchen und dabei Deine Marele treffen. Es geht mir darum zu erfahren, wann der preußische Offizier das nächste Mal etwas abholen wird."

Nach diesem langen Redeschwall ist Anton ziemlich fertig. Er hätte nicht so viel trinken dürfen. Ein Vorsatz für das nächste Mal, wenn er ihn nicht bis dahin vergessen hat.

„Oh, junger Herr Barkenstein, ich soll für Sie über die Grenze kundschaften. Das ist ja richtig spannend. Sie wollen wissen, wann dieser Von Blütow wieder Verpflegung für die Armee nach Münster bringt? Jawoll, das kann ich machen!" Walter ist voll bei der Sache.

„Sehr gut. Kannst Du das heute machen? Es soll nicht zu Deinem Schaden sein."

„Für mich ist es ja auch leichter über die Grenze zu gehen als für andere. Einen Besuch bei meinen Eltern kann der französische Offizier und seine Zöllner nicht verbieten", ist sich Walter sicher.

„Dann geh´ bald los, damit du genügend Zeit hast für den Auftrag. Und grüße Martina von mir", trotz seiner gesundheitlichen Schwäche ist er doch im Laufe des Gespräches aktiver geworden.

Die nächsten Stunden sitzt, geht oder liegt er nur herum und macht nur wenig. Sein Vater sagt nichts, lächelt nur und läst seine Gedanken nicht über seine Lippen. Seine Mutter sorgt für eine kräftige Fettsuppe und ein starkes Mittagessen. Die Sorge der Mutter und das gute Esse lassen seinen Zustand zum späteren Nachmittag sichtlich verbessern. Als Walter zurück von seinem Ausflug ins Haus Barkenstein kommt, ist Anton schon wieder aufnahmefähig.

„Na, Walter, wie war Dein Ausflug ins ferne Ausland?" kann er sich einen Witz nicht verkneifen.

„Die Eingeborenen im Ausland haben eine deutliche Ähnlichkeit mit den hiesigen Menschen! Auch sind sie in der Lage, die gleiche Sprache zu sprechen wie wir."

„Ha! Aber Spaß bei Seite. Was hast Du erreichen können?", will Anton jetzt wissen.

„Dieser Franzose an der Grenze hat zwar komisch geschaut und mich auch schön gefragt, musste mich dann aber gehen lassen. Die Marele habe ich getroffen und die hat ihre Herrin, die Martina Große-Gronenburg, gesprochen wegen des Transportes. Da musste ich einige Zeit warten. Ich dachte schon, sie würde nicht mehr zurück kommen."

„Warum das?"

„Ach, nur wegen der Soldaten an der Grenze oder so ... ! Aber dann kam Marele wieder zurück von ihrer Herrin. Dabei hatte sie einen Brief an Sie, werter Herr. Den Brief soll ich Ihnen geben. Er riecht ganz gut nach Parfüm." Anton reißt den Brief schnelle auf. Dabei ist er ziemlich nervös. Schnell überfliegt er die Zeilen.

Martina hat doch die schönste Schrift, die ich kenne, denkt er dabei.

„Sehr schön, sehr gut, das passt bestens", lässt er beim Lesen seinen Gedankenlauf hören. Walter schaut ihn während dieser Zeit gespannt an. Das Abenteuer geht weiter, dies ist ihm jetzt schon gewiss, nur womit soll es weiter gehen?

„So, Walter, jetzt weiß ich bestens bescheid. Dein Warten beim Überwasserhof hat sich gelohnt. Scheinbar beobachtet Martina die Aktionen des Herrn Offiziers seit längerem. Also, schon in den nächsten Tagen soll der nächste Transport nach Münster gehen, das haben Blütow und Große-Gronenburg abgemacht. Den müssen wir uns schnappen, verfolgen und schauen, wo er in Münster hinfährt."

„Au ja, das ist ja besser als ich es mir vorgestellt habe. Wir verfolgen diesen preußischen Halsabschneider, das macht Spaß!", Walter Hülsbusch kennt nicht den ganzen Briefinhalt. Den für ihn bestimmten Teil hält Anton für sich.

Martina möchte ihn wiedersehen. Morgen Abend am Schiffsanleger.

Kapitel 21: Am Anleger

„Oh, Anton, endlich sehe ich Dich wieder. Ich habe ja über Monate nichts von Dir gehört. Das war schlimm, diese Zeit ...“, Martina läuft auf ihren Geliebten zu und umarmt ihn.

„Hat Dich denn Walter nicht informiert? Deine Marele scheint ja eine ganz dicke Kupplerin zu sein.“

„Ja schon, aber der Walter wusste doch nicht so viel. Und Briefe hast Du nicht geschrieben. Was war denn los?“

„Jetzt beruhige Dich doch, ich bin ja wieder da“, sagt Anton und gibt ihr einen Kuss auf die Stirn. „Das war eine ganz plötzliche Sache. Als ich im August letzen Jahres aus Emden zurück kam, hatte ich meinen Eltern gesagt, dass ich gerne mal nach Amsterdam gehen würde. Beim Martens im Kontor und im Hafen wurde mehrfach von der großen Stadt berichtet. Die wollte ich auch mal sehen.“

„Und dann fährst Du einfach los und lässt mich im Ungewissen?“ Martina kann ihre Wut nicht zügeln.

„Nein, doch nicht so. Kurz nachdem wir uns damals hier getroffen hatten, sprach mein Vater mit mir wegen meiner weiteren Ausbildung. In dem Gespräch machte er mir plötzlich den Vorschlag mit Amsterdam. Was sollte ich machen? Dem Vater widerspricht man in solchen Dingen nicht“, verteidigt sich Anton.

„Aber ich kann hier sitzen und warten!“ mault Martina und hält Anton weiter umschlungen.

„Na, jetzt drück´ nicht so sehr, ich bin doch kein Kuheuter!“

„Wer böse ist, muss bestraft werden. Und Du hast mich nicht informiert.“

„Wollte ich doch, aber ich war doch völlig überrascht. Von einem Tag auf den anderen ging es Richtung Amsterdam. Wie hätte ich da etwas machen sollen? Am anderen Morgen ging die Pünte schon nach Emden los. Ich habe nur Walter das noch sagen können. Aber ich habe etwas für Dich zur Entschuldigung!“

„Aha, zur Entschuldigung, dann lass mal sehen!“ fordert Martina.

„Gut, aber vorher lass´ mich mal los“, wünscht Anton. Er geht in eine Ecke des Lagerhauses seines Vaters. Dort steht seine Tasche. Diese holt er zu Martina und öffnet sie mit einem geheimnisvollen Blick. Er überreicht ihr einen gefalteten Bogen Papier.

„Das sind ganz moderne Muster zum Schneidern eines Kleides, ganz neu aus Paris", sagt Anton mit einem etwas geheimnisvollen Unterton. Martina schaut aufmerksam auf diesen Bogen. Sie faltet ihn auseinander und betrachtet ihn.

"Woher hast Du dieses Muster denn? So etwas kenne ich nicht. Auch meine Freundinnen in Münster noch nicht."

„Am Tag meiner Abreise habe ich es von Christiana-Amalia van Bowden geschenkt bekommen, ... für Deine 'kleine Bauernfreundin' hat sie etwas verschmitzt gesagt", erklärt Anton.

„Aua, das tut weh!" ruft er sofort auf, denn Martinas Ellenbogen hatte einen intensiveren Kontakt mit seinem Bauch.

„Interessant, und so was tragen jetzt die Revoluzzerfrauen und Napoleonanbeterinnen in Paris?" fragt sie sich selbst in Gedanken.

„Aber ich habe noch etwas für Dich. Nur eine Schnittvorlage für ein Kleid ist doch etwas wenig. Hier ist der notwendige Rest!" Anton überreicht ihr ein dickes Bündel Stoff.

„Der ist aber schön. Ein richtig schöner Kleiderstoff. Hast du den ausgesucht?"

„Ja ... äh .... mhh! Fast alleine, es waren nur zwei Frauen dabei."

„Schon wieder die Töchter von Deinem Van Bowden???!", Martinas Stimme wird gefährlich ruhig.

„Was sollte ich den machen? Dir etwa selbst einen Stoff kaufen. Na, dann hätte ich Dich aber sehen mögen. Da war ich doch besser mit zwei erfahrenen Niederländerinnen beim Einkauf. Übrigens haben beide Verlobte. Also keine Gefahr für Dich!" verteidigt sich Anton.

„Der Stoff ist wirklich schön, so weich und dabei leicht und doch auch fest. Das muss etwas ganz besonderes ein", denkt Martina laut nach und kann die Finger nicht von dem weichen Stoff lassen.

„Das haben sie mir auch gesagt, irgend etwas ganz neues, aber frag' mich nicht nach der Mischung. Ich habe es aber beim Bezahlen gemerkt, dass es etwas Besonderes ist", erwidert Anton Martinas lautes Nachdenken.

„Bin ich Dir das nicht wert? Du willst wohl die reichste Braut Grevens für etwas Baumwolle einkaufen?"

„Stimmt ja nicht, sonst hätte ich es doch nicht gekauft."

„Das will ich Dir auch geraten haben!" meint Martina und gibt Anton einen dicken Kuss. Eng umschlugen stehen die beiden im Lagerraum und vergessen die Zeit. Erst als es langsam dunkelt, beendet Martina das gemeinsame Beisammensein.

„Ich muss jetzt weg, bevor Vater noch Verdacht schöpft. Der sieht sowieso nur noch Wappen und Adelstitel. Der will mich am liebsten an diesen Von Blütow verkaufen. Aber das mache ich nicht mit. Lieber ..."

„Keine Drohungen und bösen Gedanken ...", mit einem Kuss unterbricht Anton Martinas Wortschwall gegen ihren Vater. Diese löst sich von ihm, greift nach Stoff und Schnittmuster, um das Lager zu verlassen.

„Warte, ich habe da noch etwas für dich!", ruft Anton ihr nach. Martina bleib stehen, dreht sich um und lächelt ihn an.

„Der Stoff ist doch schon teuer genug ..."

„Nicht zu teuer für meine Teure", mit einem Griff in die Tasche holt Anton noch eine kleine Schachtel, gibt sie Martina und schiebt sie in Richtung Zollanlage ...

„Jetzt aber nach Hause. Kühe und Schweine warten auf Krauleinheiten von der Tochter des Hofes", ruft er Martina hinterher.

Kapitel 22: Kirchfahrt

Die Glocken der Stadtpfarrkirche Sankt Martinus lassen ihre Botschaft weit ins Umland von Greven erschallen. In den Bauernschaften auf preußischer Seite der Grenze bereiten sich die Bauern und Bediensteten auf den Kirchenbesuch vor. Mit der guten Sonntagskutsche fahren die Bauernfamilien voraus. Auf dem offenen oder geschlossenen Arbeitswagen folgen Knechte, Mägde und andere Angestellte. Der Schall der Glocken macht nicht an der Ems und der Grenze zum Fürstentum Rheina-Wolbeck halt. Auch hier, im abgetrennten Teil des Kirchspiels Greven, bereiten sich die Menschen auf den Kirchgang vor. Würden sie über die Grenze nach Greven gelassen werden?

„Sind jetzt alle Nachbarn angekommen?", fragt Franz Schulze Große-Gronenburg seine Tochter.

„Ich glaube schon. Es sieht sehr beeindruckend aus, die ganzen Nachbarn zusammen auf der Straße. Eine lange Schlange an Kutschen."

In Höhe des Überwasserhofes haben sich die Bauern mit ihren Kutschen auf der Straße nach Altenberge getroffen. Sie wollen gemeinsam die Grenze überschreiten, damit nicht einzelne durch Schikanen der Grenzer vom Kirchenbesuch abgehalten werden. Als erstes setzt Franz Schulze Große-Gronenburg seine Kutsche in Bewegung. Ihm folgen weitere Schulzen-Bauern aus den Bauernschaften links der Ems. Nach ihnen kommen die Kötterbauern sowie die Kutschen mit den Knechten und Mägden.

„Dann wollen wir mal schauen, ob uns dieser französische Fürstenbüttel die Durchfahrt verbieten will", knurrt der Überwasserbauer und greift entschlossen zur Peitsche.

Langsam setzt sich der ansehnliche Zug in Richtung Grenzanlage in Bewegung. Der diensthabende Offizier Gilbert Baumgartner war im Wissen um das Kommende nicht untätig. Seine Soldaten und Zöllner stehen unter Waffen beiderseits der Straße an der Zollschranke. Zudem hat man Spanische Reiter an der Straße aufgestellt, diese Holzverhaue aus dicken Ästen und kleinen Bäumen zeigen mit ihren spitzen Enden bedrohlich in Richtung Straße. Mit gleichmäßiger Geschwindigkeit fährt Große-Gronenburg auf diese

Barriere zu. Erst kurz vor dem Schlagbaum lässt er die Kutsche abrupt anhalten und schaut den Offizier mit dunklem Blick an.

„Sehr geehrter Herr Große-Gronenburg, darf ich Sie grüßen und Ihnen einen gottgesegneten Sonntag wünschen", sagt Gilbert Baumgartner und salutiert vor dem Überwasserbauer.

„Danke, Herr Offizier, ich wünsche es Ihnen gleichfalls. Wir wollen jetzt nach Greven zur Heiligen Messe fahren. Machen sie bitte die Durchfahrt frei."

„Kann ich davon ausgehen, das Sie und Ihre Nachbarn keine Konterbande bei sich führen?", fragt militärisch Baumgartner.

„Ich habe alle Nachbarn dringend hierauf hingewiesen. Ich gehe davon aus, das sich alle daran halten", sagt etwas ungehalten der Überwasserbauer.

„Dann ist ja alles in Ordnung. Ich behalte mir aber vor, Einzelne bei Verdacht zu kontrollieren", erwidert freundlich der Elsässer.

Große-Gronenburg lässt die Peitsche leicht knallen und gibt den Pferden damit das Zeichen, sich in Bewegung zu setzen. Die Kutschen der Nachbarn folgen in gleichmäßigem Abstand dem Überwasserbauer auf dem Weg zur Brücke über die Ems.

„Hm Hmm. Ha! Jawoll! Der Offizier lässt sie durchfahren. Sehr gut! So hat er sich von meinen ‚Argumenten' beeindrucken lassen", denkt der alte Barkenstein. Mit einem Fernrohr in der Hand steht der Ortsvorsteher im Turm der Martinuskirche. Durch die obere Reihe der Bogenfenster schaut er zur Emsbrücke und den ankommenden Kirchgängern aus dem Gebiet links der Ems.

Nachdem er den reibungslosen Grenzübertritt gesehen hat, verlässt er seinen Aussichtspunkt und klettert über Leitern und Stiegen zum Kirchenraum hinunter. Mit lautem Poltern überqueren die Bewohner auf ihren Kutschen die neue Brücke über die Ems, folgen der Emsstraße und stellen die Gefährte wie in der Vergangenheit in der Nähe der Kirche ab.

Mit großem „Hallo" und Applaus empfangen viele Gläubige vor der Kirche die Nachbarn von der anderen Emsseite. In dieser Fahrt sehen sie auch einen Sieg ihres Glaubens über die weltlichen Herrscher. Deshalb stimmen einige Mitglieder des Kirchenchores spontan das Kirchenlied *Großer Gott wir loben Dich* an. Auch Anton steht am Rande der Wartenden und schaut sich das Ereignis an.

Seitdem die Grenze entlang der Ems verläuft, war es immer wieder zu Problemen beim Kirchenbesuch gekommen. Deshalb hatte sein Vater intensive

Gespräche mit dem kommandierenden Offizier der Grenzwache geführt, um eine Regelung zu erreichen. Wie es heißt, hätte sich auch Von Blütow an einer Lösung beteiligt. Dieser steht zu Antons Missvergnügen ebenfalls vor der Kirche und schaut sich das Treiben an. Entschädigung erhält Anton durch Martinas Anwesenheit. In der ersten Kutsche sitzt sie neben ihrem Vater. Als Sie aussteigen, geht Von Blütow zur Kutsche des Überwasserbauern.

„Herr Große-Gronenburg, ich freue mich, dass es jetzt mit dem Besuch der Messe wieder klappt. Dies ist ein schöner Tag für Greven. Ich wünsche Ihnen, Ihrer Familie und ihrer hübschen Tochter einen gesegneten Sonntag."

„Danke Herr von Blütow. Es ist schade, dass Sie nicht mehr so oft auf meinen Hof kommen können. Die Grenze hat viel verändert."

„Gnädiges Fräulein, darf ich auch Sie herzlich grüßen", schmeichelt Von Blütow, indem er Martina aus der Kutsche hilft.

„Danke Herr Offizier. Sie sind heut´ wieder besonders galant. Darin haben sie ja langjährige Erfahrungen", erwidert distanziert Martina.

Anton ist über diese Reaktion erfreut. Er hat sich neben die Eingangstür gestellt, um Martina einen Blick zuwerfen zu können. Im Hereingehen schaut sie ihn direkt an und lässt ein leichtes Lächeln über das Gesicht huschen.

„Unser Krämerbursche sollte nicht ferne Sterne betrachten, sondern sich mehr ans Bodenständige halten." Von Blütow hatte Martina bis zur Kirchentür begleitet und die Begegnung von Martina und Anton mitbekommen.

„Bodenständiges scheint beim Herrn Offizier das Übliche zu sein. Dies ist höheren Damen wohl bekannt", gibt Anton zurück und geht schnell ins Kirchenschiff zu seinem Platz.

Von Blütow ist nach diesem Treffen mit Anton sauer. Dieser dumme Bursche vom Ortsvorsteher nimmt sich Dinge heraus, für die andere mit dem Leben bezahlt hätten. Er muss diesem Jungen mal zeigen was Sache ist. Er hat sich die Tochter vom Überwasserbauern heraus gesucht, als gute Partie, da hat dieser Jüngling nichts zu suchen. Wenn er sie heiratet, ist er ein gemachter Mann und kann sich auch bei seinen Verwandten in Berlin wieder zeigen. Diese Bauerntochter scheint jedoch ein Auge auf den Sohn vom Barkenstein geworfen zu haben.

Gegen den alten Barkenstein darf er nicht vorgehen. Der Barkenstein ist einer der glühendsten Preußenfreunde in Greven. Als Ortsvorsteher hat er auch ein gewichtiges Wort im Dorf. Und dazu noch das freundschaftliche Verhältnis zum General Blücher. Nur gut, dass es die Grenze gibt, die hält den Jungen auf Distanz. Aber er muss öfter rüber. Nicht nur wegen der Tochter, sondern auch wegen seiner Geschäfte. Deswegen muss er dringend mit dem Kommandanten des Grenzabschnittes, diesem Baumgartner, sprechen. Mit einer Beteiligung am Gewinn dürfte er ihn schon überzeugen.

Kapitel 23: Auf der Lauer

„Ich kann nichts sehen. Die Mauer und die Häuser stehen im Weg. Und wegen der Gräfte kommen wir nicht näher her." Anton ist enttäuscht. Er hatte gehofft Von Blütow bei seinem Tun beobachten zu können.

„Das ginge aber mit dem Teufel zu, wenn ich nicht einen Weg finde, wie wir noch näher heran kommen, aber wir müssen auch an die Abfahrt nach Münster denken", merkt Walter an. In den letzen Tagen hatte Walter einen Blick auf die Unterkunft des preußischen Offiziers gehalten. Auch Freunde von Ihm machten mit. Den wahren Grund hatte er ihnen aber verschwiegen, sondern eine Geschichte von Liebe, Leid und Konkurrenz erzählt. Es ging darum frühzeitig zu wissen, wenn Kutschen für Proviant aus Münster kommen. Mit diesen, so ihre Vermutung, würde Von Blütow ins Fürstentum fahren und von dort Fleisch, Getreide und andere Dinge für die Garnison der Preußen in Münster holen.

Am Mittag waren tatsächlich zwei Kutschen aus Münster gekommen. Sie wurden von den beiden Husaren, die für Greven eingeteilt waren, gesteuert. So war eine Weitergabe des Wissens um die Herkunft der Waren nicht gegeben. Die beiden Soldaten würden Blütow nicht verraten, sie haben ein zu gutes Leben unter ihm und dürften etwas vom Gewinn bekommen. Seit dem Mittag hatte Walter die Kutschen beobachtet.

Als die Soldaten sich auf den Weg machten, rannte er schnell zum Haus Barkenstein und informierte Anton persönlich. Anton griff sich Pistole und ein großes Messer und folgte Walter zur Ems. In einem Nachen setzten sie über die Ems. Dabei waren sie sehr vorsichtig, um nicht entdeckt zu werden. Sie kennen hier am Fluss jede Stelle und wissen, wo sie zu gehen haben, um die Chaussee nach Nordwalde zu erreichen. Von Blütow auf seinem Pferd ritt den Kutschen voran. Dabei hatte er es nicht eilig. An der Grenzanlage unterhielt er sich kurz mit dem elsässischen Offizier in Fürstlichen Diensten.

Als Anton und Walter die Chaussee erreichen, halten sie sich im Gebüsch versteckt. Sie lassen die Kutschen vorbei und folgen ihnen zu Fuß. Als sie feststellen, dass Blütow ohne große Hast die Kutschen fahren läst, sind sie sehr erfreut. Die Verfolgung machte keine großen Schwierigkeiten. Die Kutschen fuhren auf der Chaussee nach Westen, die nächsten Orte sind Nordwalde oder

Altenberge. Wie weit würden sie den Wagen folgen müssen? Dort, wo die Chaussee sich die äußerste Böschung des Emstals hinauf zieht, verlangsamt sich das Tempo der Kutschen. Plötzlich sind sie verschwunden.

„Was ist geschehen?" fragt Anton.

„Nun ja, das ist wohl kein Teufelswerk. Dort vom Wege ab liegt der alte Hof vom Überwasserbauern. Da wollen die wohl hin", meint Walter trocken. So viel Unverschämtheit hat Anton Von Blütow nicht zugetraut. Fast noch in Sichtweite der Grenze fährt er mit seinen Kutschen auf einen Hof um sich mit Proviant zu versorgen. Blütow muss sich mehr als sicher fühlen. Aber mit dem Schweigen des Grenzoffiziers im Rücken, wer sollte seine Geschäfte schon gefährden. Die beiden Verfolger laufen schnell bis zum Abzweig des Hofes Schulze Große-Gronenburg. Er kennt den Hof aus seiner Jungend. Mit Walter war er viele Male in der Nähe gewesen und hatte sich die Anlage angeschaut oder an der Böschung gespielt.

„Wie komme ich nur näher an den Hof ´ran?" verzweifelt Anton langsam. Nur ungenau und mehr durch die Geräusche kann er feststellen, was auf dem Hof geschieht.

„Ich schau ob es noch da ist, ist ja schon lange her aber vielleicht ...", Walter tut ganz geheimnisvoll und verschwindet zwischen den Büschen. Anton konzentriert sich auf die Aktivitäten im Hof.

Von Blütow spricht mit dem Bauern, während Knechte auf dem Speicher und den Schuppen Säcke mit Getreide und Kisten mit Fleisch holten. Innerhalb einer Stunde werden beide Kutschen übervoll mit Waren für die Preußen gefüllt. Über das Ladegut breiten die Knechte große Planen und zurrten diese mit Seilen fest. So verpackt sieht es nach einer langen Fahrt über Land aus und nicht nach einem kleinen Abstecher über die Ems. Während der Beladung der Kutschen gehen Von Blütow und der Bauer ins Haus. Sie wollen wohl auf das gute Geschäft anstoßen.

Anton wird die ganze Warterei langsam zu dumm. Walter ist verschwunden ohne sich zu melden. Die Kutschen sind beladen und können jeder Zeit über die Grenze nach Greven fahren. Dann kommen der Überwasserbauer und Blütow aus dem Haus. Sie unterhalten sich weiter, erzählen irgendwelche Geschichten und lachen dabei. Der Abschluss eines guten Geschäftes sieht so aus. Blütow besteigt sein Pferd, die Soldaten besteigen die Kutschen und langsam setzt sich der Zug in Richtung Chaussee in Bewegung.

Anton flucht innerlich über den abwesenden Walter. Wenn der nicht kommt, würde er alleine die Verfolgung aufnehmen müssen. Er geht hinter einigen Büschen in Deckung. Die Soldaten auf den Kutschen lachen und sind sehr fröhlich. Sie denken wohl an ihren Anteil am Geschäft. Bei den guten Bedingungen in Greven ist das ein schönes Zubrot. Plötzlich raschelt es hinter Anton.

„Herr Barkenstein ich bin's", sagt Walter Hülsbusch leise.

„Wurde auch langsam dringend. Wo warst du denn die ganze Zeit?"

„Davon später, jetzt müssen wir doch den Kutschen folgen", empfiehlt Walter und ist schon auf der Zufahrt zur Chaussee. Auf diese biegen gerade die Kutschen mit Von Blütow an der Spitze ein.

Kapitel 24: Verfolgung

Gilbert Baumgartner steht gelangweilt in der Tür des Zollhauses an der Ems. Der Fluss bildet die östliche Grenze zwischen dem Fürstentum Rheina-Wolbeck und der Preußischen Provinz Westfalen. Erst hier bei Greven am südlichen Ende des Landes biegt die Grenze nach Westen ab, folgt dem Lauf des Flüsschens Aa und führt auf die Siedlung Altenberge zu. Der Grenzübergang an der Neuen Brücke über die Ems ist eine wichtige Straßenverbindung zur preußischen Provinzhauptstadt Münster. Und hier in Greven gibt es diese Besonderheit in der Grenzziehung, es gibt auf der östlichen Flussseite eine Exklave der Preußen. Der Anleger für die Emspünten, von den Einheimischen *Krögers Kämpken* genannt, gehört noch zur Preußischen Provinz. Dadurch brauchen die Kaufleute in Greven und Münster für die Waren, die sie hier ausladen keine Abgaben an die Finanzbehörde von Rheina-Wolbeck zahlen.

Damit es an dieser Grenze nicht zu Schmuggel und Unregelmäßigkeiten kommt, ist eine besonders starke Einheit von Militär und Zoll abgestellt worden. Und er, der Elsässer aus Straßburg, ist für diese Aufgabe als erfahrener Militär vom Fürstentum eingestellt. Eine Aufgabe, die so recht nach seinem Geschmack ist. Wenig Stress, obwohl er angehalten ist streng zu kontrollieren, da er zu bestimmen hat, wie diese Überprüfung geschehen soll.

In den vergangenen Jahren hat er viel erlebt, seit er im Jahre 1792 der französischen Revolutionsarmee beigetreten ist. Damals stand die französische Rheinarmee in Straßburg, um das Land und die Revolution vor den Truppen der Österreicher und Preußen zu schützen. Im Überschwang der patriotische Gefühle meldete er sich freiwillig beim Militär. Seine Bewunderung für den Marschall der französischen Armee, den deutschen Grafen von Luckner, war ein Grund für diesen Schritt. Er war schon als Soldat zugegen, als im April 1792 erstmals das 'Kriegslied der Rheinarmee' erklang. Von seiner Melodie und dem aufwühlenden Text *Zu den Waffen, Bürger!* überwältigt, ließen sich viele junge Elsässer für's Militär werben. Das Lied erklärte später die französische Nationalversammlung zur Nationalhymne. Bekannt bei Freund und Feind als *Marseillaise*, begleitete es ihn in viele Kämpfe und durch einige Länder Europas. Als das kleine, neue Fürstentum Rheina-Wolbeck Soldaten suchte, meldet er sich sofort. Ein besserer Dienst als bei den immer wieder im Kampf stehenden französischen Truppen dürfte es schon sein, war seine Überlegung. Die zuständigen Herrschaften nahmen ihn sofort. Seine Erfahrungen bei der französischen Armee sowie seine Sprachkenntnisse des französischen, deutschen und sogar etwas englisch überzeugten. Und so steht er hier am Grenzübergang bei Greven an der Ems und genießt den schönen Frühlingsnachmittag. Wie er so vor sich hinsinnt, kommt ein Reiter auf die Grenze zugeritten, zügelt vor den Zollstation sein Pferd und nimmt die Kapuze seines Umhangs vom Kopf.

„Bonjour, Monsieur von Blütow. Hier im Ausland unterwegs?" fragt er verschmitzt in Richtung des Reiters und lässt die Pistole, die er hinter seinem Rücken hielt, wieder in die Ledertasche unter seinem Rock verschwinden.

„Da muss ich aber mal meine Männer auf Streife schicken um zu sehen, ob nicht noch mehr Feinde unterwegs sind", und ruft die noch im Zollhaus sitzenden Soldaten. Er gibt Ihnen den Auftrag, entlang der Abbruchkante zur Ems nach Süden zu gehen und auf mögliche Grenzbrecher zu schauen. Bis zur Mündung der Aa werden die Soldaten dem Flusslauf folgen und dann zurück kommen. Kaum sind die Soldaten verschwunden, kommen auf der Straße zwei hoch gefüllte Fuhrwerke heran. Von Blütow hilft Baumgartner beim Öffnen des Schlagbaums. Nachdem die Wagen die Zollstation passiert haben, gibt Von Blütow seinem 'Kameraden' einen Beutel mit klingendem Inhalt.

„Es sind auch ein paar kleine Münzen für Ihre Soldaten drin. Besser an sie denken, als Ihre Erinnerung für unpassende Aussagen zu fördern", meint Von Blütow und sitzt schon wieder auf dem Pferd, um den Kutschen über die Brücke nach Greven zu folgen. Als sich Gilbert Baumgartner dem Zollhaus zuwenden will, hört er im Unterholz auf der anderen Straßenseite einen trockenen Ast brechen. Er greift zu einem der bereit stehenden Gewehre.

„Halt! Wer da?"
Ruhe.
„Da ist doch jemand. Sofort heraus kommen!"
Weiterhin Ruhe im Gebüsch.

Werde ich langsam alt, fragt sich der Elsässer in Gedanken. Nachdem minutenlang kein Geräusch mehr folgt, wendet er sich dem Geldbeutel und seiner sicheren Deponierung zu. Wäre er nicht in das Zollhaus gegangen, hätte er Anton und Walter vom Anleger zur Brücke gehen sehen können. Im Laufschritt überqueren sie die Brücke und folgen der Straße ins Dorf, um den Anschluss an Von Blütows Wagen nicht zu verlieren.

„Schnell, Walter, nach Hause und die Pferde eingeschirrt. Wir werden ihn nur auf Pferden bis nach Münster verfolgen können", ruft Anton Walter zu.

„Ja, der Herr Barkenstein haben völlig recht. Kommen Sie, hier durch den Geheimweg!" erinnert Walter den alten Spielkameraden an die Pfade ihrer Jugend. Anstelle dem Weg zu folgen biegen die Beiden nach Osten ab.

Zwischen Zäunen und Häusern erreichen sie den Trampelpfad, der von den Einheimischen Kuhtrog genannt wird. Über Wiesen und Gärten, vorbei an einem Schweinestall und verfolgt von freundlichen Grüßen der Besitzer, die sich für die unübliche Bereicherung ihrer Arbeit bedanken, erreichen sie die Rückseite des Barkensteinschen Anwesens. Hier ist Anton schon seit Jahren nicht mehr gewesen, hatte aber auch keine Zeit für sentimentale Erinnerungen an seine Jugend. Über den Zaun geklettert und durch die Seitentür stehen die beiden Verfolger vor den Pferdeställen.

Die Pferde ins Geschirr zu binden ist eine Sache von Sekunden. Etwas überrascht von der plötzlichen Arbeit wiedersetzen sich die beiden, werden aber mit fester Hand darauf hingewiesen, dass es nichts zu diskutieren gibt. Von neugierigen Blicken aus dem Hause Barkenstein verfolgt reiten Anton und Walter auf die Marktstraße und biegen sofort in die Bakenstiege ein. Hinter den Häusern reißen sie die Pferde nach Süden und reiten im Galopp über die Felder und Wiesen der Grevener Bürger auf den Emsübergang bei Schöneflieth zu.

„Sie werden schon weit hinter Schöneflieth sein. Sollen wir nicht besser über Gimbte reiten? Das ist zwar etwas weiter, hat aber weniger Verkehr auf dem Weg", ruft Walter Anton zu.

Erst beim zweiten Zuruf hört Anton das Gerufene.

„Nein, lass uns die Straße nach Münster direkt nehmen. Wenn wir die Kutschen sehen, können wir langsamer reiten", gibt Anton die Richtung vor. Den Pferden scheint der flotte Ritt nach dem ersten Schrecken Spaß zu machen.

An der Schöneflieth-Brücke stauen sich Kutschen an der Kontrollstelle der Preußen. Sie suchen nach eingeführten Waren aus den Emspünten und aus Rheina-Wolbeck. Da die meisten Waren nach Münster sollen, ersparen sich die Zollvertreter eine genaue Kontrolle am Anleger. Über die Brücke in der Nähe der ehemaligen Zollburg Schöneflieth müssen alle herüber. Anton und

Walter reiten über die Brücke und werden von einem Zollposten angehalten.

„Ich bin Anton Barkenstein, Sohn des Wilhelm-August Barkenstein, Kaufmann zu Greven und Freund seines Generalissimus von Blücher. Ich bin in eiliger Mission nach Münster für meinen Vater unterwegs", ruft er dem Soldaten laut zu. Der scheint nur 'Freund von Blücher' zu hören und macht den Weg für die beiden Reiter frei. Sowohl die Wartenden als auch die in der Burg einquartierten Soldaten schauen den zügig Reitenden hinterher.

Um den Kutschen auf der Chaussee nach Münster aus dem Weg zu gehen, nehmen die beiden Verfolger den Randstreifen und die abgeernteten Feldern.

„Der Blütow scheint ja ein tolles Tempo vorzulegen", meint Walter.

„Als Preußischer Militär macht er sich mittels Uniform und Befehl den Weg frei", gibt ihm Anton seine Vermutung preis.

„Wir müssen sie vor Kinderhaus einholen. Sonst wissen wir nicht, durch welches Tor sie Münster erreichen. In den Straßen der Stadt werden wir sie nicht mehr finden", ruft Walter Anton zu.

„Das werden wir! So schnell wie wir reiten, können die vollen Kutschen nicht fahren."

Vorbei an Kutschen, schwer beladenen Fuhrwerken und leichten Reisekutschen geht der Ritt auf Münster zu. Ein schweres Fuhrwerk steckt im sandigen Untergrund des Seitenstreifens fest. Der Kutscher flucht laut und deutlich über das preußische Militär und dessen unverschämtem Auftreten. Umstehende und andere Kutscher helfen ihm auf den Weg zurück. Anton und Walter sind schon an diesem Hindernis vorbei. Langsam kommt Münster näher. Sie können aber auch nicht mehr so schnell reiten, da die Pferde in ihrer Kondition nachlassen.

Als sie von einer kleinen Anhöhe auf den Flecken Kinderhaus schauen, sehen sie die beiden Kutschen in einiger Entfernung. Von Blütow reitet vorweg und sorgt für einen freien Weg, indem er andere Kutschen anhalten und auf die Seite fahren läst.

„Na, siehst du, es hat doch geklappt. Jetzt können wir es langsam angehen lassen", sagt zufrieden Anton. Sie steigen von den Pferden und gehen die Strecke bis Kinderhaus zu Fuß. Nach dem Passieren der Kirche und der Häuser steigen sie wieder auf die Pferde und folgen in sicherem Abstand Blütow und den Wagen.

Die Türme der Kirchen von Münster sind über Häuser, Zäune und Hecken zu sehen und geben einen Eindruck von der Größe der Stadt. Der Verkehr auf der Straße hat zugenommen. Kutschen, Reiter, Handwagen und Fußgänger bedrängen sich gegenseitig. Ausweichmöglichkeiten neben der Straße fehlen jetzt weitgehend. Hecken, Zäune und Mauern begrenzen den Weg.

Dies macht Anton und Walter nichts aus, da auch Blütows Kutschen nicht mehr schneller voran kommen. Von der Chaussee biegen die Wagen nach links in einen Seitenweg ein.

„Wenn ich richtig vermute, wollen unsere Freunde durch das Kreuztor nach Münster hinein", grübelt Anton laut nach.

„Das ist gut möglich. Wir sollten Ihnen in der Stadt zu Fuß folgen", schlägt Walter vor.

„Ja, das ist gut. Zu Fuß können wir sie besser in den engen Straßen verfolgen", stimmt Anton zu.

Bei einem Gasthaus in Nähe des Kreuztores geben sie ihre Pferde zum Unterstellen ab. Zu Fuß folgen sie der Straße durch Münsters imposante Verteidigungsanlagen. Gegen feindliche Kanonen errichtete Bastionen aus dicken Mauern und hohen Wällen. Die ausgehobenen Wassergräben vor den Wehranlagen hat die Stadt in den letzten Jahren zugunsten von Gärten und Wiesen für die Ernährung der Bürger zuschütten lassen. Vor Jahrhunderten, nach dem Täuferreich und lange vor dem 30jährigen Krieg von Münsters Bürgern errichtet, waren sie wegen der modernen Kriegsführung mit stehenden Heeren und Landschlachten veraltet. Aber für Zoll- und Kontrollmaßnahmen gegenüber Menschen und Waren beim Betreten und Verlassen der Stadt erfüllten sie noch immer einen Dienst, auch wenn lichtscheue Kreise längste ihre eigenen Schleichwege gefunden hatten. Immer lauter werden in den letzten Jahren Forderungen innerhalb der Bürgerschaft Münsters nach einem Abriss der Anlagen, um für eine Erweiterung der Stadt Platz zu schaffen.

Nach Passieren der Kontrolle halten die beiden Verfolger den Abstand zu den Kutschen bei und folgen ihnen in das Häusermeer. Die vollen Straßen der westfälischen Metropole lassen die Kutschen nur langsam voran kommen. Fußgänger, fliegende Händler, andere Kutschen und Verkaufsstände halten sie immer wieder auf. Auch Blütows Uniform hat hier nur begrenzte Wirkung. Die Kutschen folgen dem Straßenverlauf in Richtung Prinzipalmarkt. Mit lautem Gepolter überqueren sie eine Holzbrücke über die Aa. Etwas später lassen sie eine eng bebaute Häuserzeile inmitten der Straße hinter sich. Danach passiert der kleine Tross die Lambertiikirche.

„Ein ganz schön mächtiger Turm. Die Bürger von Münster haben viel Geld für ihr Seelenheil gezahlt", sagt Walter beim Anblick des Turms.

„Stimmt. Aber der Turm sieht irgendwie abgebrochen aus. Nach dem massiven Turm fehlt oben ein richtiger Abschluss. Diese Haube passt doch nicht, ist nur ein Stumpf", meint Anton. „Noch mehr als für die Kirchen haben die Münsteraner für ihre Stadtbefestigungen ausgegeben. Sonst wäre Münster im 30jährigen Krieg doch erobert worden, aber keiner der Feldherren wagte den Angriff."

Auf dem Prinzipalmarkt herrscht wie jeden Tag dichtes, geschäftiges Gedränge. Unter den Bögen zu beiden Straßenseiten stehen Körbe mit den Waren der Händler. Einen Teil hatte Antons Vater nach Münster gebracht und hier an die Händler weiterverkauft. Diese Bögen im Giebel jedes Hauses, nach südländischem Vorbild vor vielen Jahrzehnten gebaut, schützen sowohl vor Regen wie auch vor der Hitze der Sonne im Sommer. Die beiden Kutschen haben den Prinzipalmarkt über die Rothenburg verlassen und biegen nach wenigen Metern in eine Straße nach links ein. Hier stehen viele kleine Schlösser, die Wohnsitze adeliger Familien aus dem Umland von Münster.

„Es wird immer spannender. Wo wollen die bloß hin? Ins ehemalige Schloss vom Fürstbischof, dem Sitz der Verwaltung von General Blücher, wohl nicht", denkt Anton laut, so dass Walter es hören kann.

Nach einigen Metern biegen die Kutschen auf den Hof eines der Adelshöfe ein. Wie sie an der Bewachung und einem Schild neben der Einfahrt erkennen können, gehört es zur Verwaltung der preußischen Armee.

„Unser Geschäftsmann scheint sich mit seiner Uniform sehr sicher zu fühlen. Den Herren vom Militär ist es wohl egal, was sie für die gelieferten Waren zahlen."

„Wie sollen die denn den Schwindel erkennen können, wenn der Blütow denen seine Luftnummer angibt? Haben die denn Kontrolleure im Ausland, im Fürstentum? Natürlich nicht", ergänzt Walter Antons Überlegungen.

„So jetzt haben wir genug gesehen. Lass uns zurück zum Gasthaus gehen und dort etwas essen. Wir haben es uns nach diesem Ritt verdient. Zudem werden bald die Tore geschlossen."

„Und für den Rückritt sollten wir uns Lichter besorgen", empfiehlt Walter aus eigener Erfahrung mit Aufträgen von Vater Barkenstein, die ihn nach Münster brachten.

Kapitel 25: Strategiegespräch

„So – was wissen wir bis jetzt von unserem Freund Blütow und seinen Geschäften?" Anton sitzt mit Walter im *Goldenen Reh* an einem der hinteren Tische.

Nach dem Ritt von Münster zurück nach Greven hatten sie ihre Pferde im Stall des Barkensteinschen Hauses versorgt. Lust auf einen ruhigen Abend hatten beide nicht, zu sehr steckte ihnen der Ritt und die Kundschafterei in Münster in Kopf und Knochen. Deshalb ging Anton mit seinem Angestellten ins *Goldene Reh*, um die Erlebnisse bei einem Bier zu beraten.

„Sein Geschäftspartner ist der Überwasserbauer – zumindest für Greven. Dieser Offizier, der Zöllner an der Neuen Emsbrücke, erhält von ihm eine Bezahlung. Der verdient mit bei diesen Geschäften", denkt Walter laut nach.

„Aber die Sache kann noch weiter gehen. Dem Von Blütow ist wichtig, sich mit dem Überwasserbauer gut Freund zu sein. Deshalb dürfte er hinter der Erlaubnis für den Kirchenbesuch stehen. Eine merkwürdige Koalition: mein Vater, Von Blütow, der Überwasserbauer und der Zolloffizier gemeinsam für die Einreiseerleichterung der Grevener von links der Ems", grübelt Anton.

„Gut, jetzt wissen wir worum es geht. Aber wie sollen wir das belegen gegenüber Blücher. Nur wenn wir ihn überzeugen können, ist es uns möglich Von Blütow zu bestrafen."

„Welch´ eine interessante Runde, der Sohn vom Ortsvorsteher Barkenstein und sein Knappe Walter beim gemeinsamen Biergenuss."

„Ach, der Herr von Theile und seine scharfe Zunge. Vielleicht können Sie uns bei unserer Denkaufgabe helfen."

„Worum geht es denn. Wohl wieder und immer noch um unseren Husarenoffizier?" rät Von Theile.

„Genau, wie besprochen hat uns Martina den nächsten Termin von Blütows Warenimport mitgeteilt. Der war heute am Nachmittag ...“

„Dann haben Sie den Transport verfolgt? Wo ging er denn hin?"

„Ja wir haben ihn verfolgt. Das war eine wilde Sache. Der Ritt nach Münster und die Verfolgung durch die Stadt. Das hatte schon abenteuerliche Züge.

Zum Glück hat er uns nicht gesehen", sagt ihm Anton.

„Sehr gut! Wie viel Kutschen waren es? Wo sind sie hingefahren?" fragt Von Theile konkret nach.

„Na, zwei Kutschen, gelenkt von seinen beiden Husaren. Gefahren sind sie damit direkt über den Prinzipalmarkt, die Rothenburg und in die nächste Straße links abgebogen. In einem der Adelshöfe lieferten sie die Waren ab."

„Aha, jetzt wissen wir mehr. Er brachte die Waren direkt zur Regimentsverpflegungsstelle. Da er sie nicht direkt zum Schloss brachte, könnte er beim Regiment einen Komplizen haben", vermutet Von Theile.

„Wie kommen wir in Münster denn weiter?" fragt Walter.

„Das ist meine Sache, mal schauen, ob ich nicht eine der Quittungen bekommen kann. Ich habe meine Kontakte, aber ob die reichen?" Von Theile gibt sich geheimnisvoll.

„Ich könnte bei Martina fragen, ob sie nicht eine Quittung von ihrem Vater besorgen kann", schlägt Anton vor.

„Das ist bestens. Wenn das klappt, können wir unseren dunklen Geschäftemacher überführen. So, dass selbst der alte Blücher ihn nicht mehr halten kann. Es wäre wohl sein militärisches Ende."

„Aber warum macht der denn das. Kann er denn damit einen guten Gewinn erzielen?" fragt Walter.

„Wie ich erfahren habe, gibt es bei den Preußen Schwierigkeiten, weiter an Verpflegung zu kommen. Sie haben sich viel von den Bauern in ihrem Herrschaftsbereich besorgt. Es gehen langsam die Vorräte aus", erklärt Von Theile.

„Und da kauft der Blütow von den Bauern in Rheina-Wolbeck, holt die Sachen ohne Zoll hier hin und verkauft sie zu normalen Preisen an das Militär", ergänzt Walter.

„Der Fürst von Rheina-Wolbeck unterhält einen teuren Hof und braucht dafür viel Geld. Geld, das er durch hohe Zölle einnimmt. Durch diese hohen Zölle lohnt es sich für die Bauern nicht, die Überschüsse aus den Erträgen über die Grenze zu verkaufen. Für den Von Blütow ist der hohe Zoll und der gestiegene Preis sein Gewinn an dem Geschäft. Dafür muss er aber auch einige Personen bezahlen. Das dürfte trotzdem ein schönes Geschäft sein", erklärt Theile den Zusammenhang.

„Und was machen wir als nächstes? Ich werde langsam müde", fragt Walter.

„Die Quittung vom Überwasserhof besorgen. Das ist der wichtige Beleg für die Geschäfte", meint Anton.

Kapitel 26: Beweissuche

Martina ist nervös. Aber warum eigentlich? Sie war schon häufiger im Arbeitszimmer ihres Vaters. Als Kind hatte sie sich manches mal in einen der dicken Sessel hineingerollt und ihrem Vater bei der Arbeit am Schreibtisch zugesehen. Damals war er öfter mit auf dem Feld, im Stall oder in der Scheune. Mit zunehmendem Alter lässt er lieber die Knechte für sich machen.

Sie weiß, er hatte sich einen Schwiegersohn für den Hof gewünscht. Das ist sein größtes Problem, dass der Hof nach ihm keinen richtigen Erben hat. Dies wäre aus seiner Sicht das Ende der langen Dynastie der Große-Gronenburgs auf ihrem Gräftenhof. Gut, es gäbe da noch entfernte Verwandte, aber so richtig gehören die nicht zur Familie. Ein richtiger Mann für den Hof fehlt. Mit dem Anton wäre er bestimmt nicht zufrieden. Sie kann sich schon genau vorstellen, war er sagen würde. Ein Kaufmannssohn, der kann doch keine Kuh vom Bullen unterscheiden. Richtig zupacken kann der schon gar nicht. Während sie leise im Zimmer umherschaut, kommen ihr diese Gedanken.

In den normalen Unterlagen findet sie Von Blütows Quittung nicht. Warum legt der Vater diese Quittung nicht ins normale Buch? Ist ihm selbst die Sache nicht geheuer? Und dieser schmierige preußische Landadelige, der gefällt dem Vater. Er ist ein Mann der zugreifen kann, so Vaters Auffassung. Ist auf einem Gutshof groß geworden. Kennt sich mit Tieren aus. So einer passt schon besser auf den Hof. Na, klar, Hauptsache der Hof. Ob er Ihr gefällt, wird nicht gefragt. Wurde auch früher nicht gefragt. Der Vater hätte sie auch gerne mit dem Sohn von diesem Höpling-Grotthoff verheiratet. Auch der gefällt ihr überhaupt nicht. Als der Adelige ihr nachstieg, war der Vater ganz Ohr. Wäre auch ein schöner Fang, denkt er bestimmt. Ein von und zu auf dem Gräftenhof, das wäre etwas, da würden die anderen große Augen machen.

Ah, da ist ja das Schreiben. Martina ist erleichtert. Der Druck beim Suchen ist weg. In seiner Zigarrenkiste, unter seinen geliebten, dicken Stinkrollen, liegt zusammengefaltet die Quittung versteckt. Sie greift vorsichtig zu und legt die Zigarren wieder sauber darüber.

Sie hat gerade die Kiste weggestellt, als sich die Tür öffnet und der Vater herein kommt.

„Du interessierst Dich doch noch für den Hof?", fragt er sie etwas spitz.

„Ach Vater, ich habe doch nichts gegen den Hof, nur dass ich nicht jeden Dummkopf von Bauernsöhnchen oder diesen adeligen Erbschleicher heirate, nur damit du Ruhe hast", erwidert sie.

„Welchen Prinz wünscht meine Tochter denn zum Mann zu nehmen. Der König von Preußen ist schon vergeben", stichelt der Herr des Überwasserhofes.

„Du bist ungerecht. Nur weil ich Deinen Vorstellungen nicht entspreche, muss ich doch nicht gleich größenwahnsinnig sein. Es wird doch noch vernünftige Kandidaten geben. Was ist denn mit den Jungmännern im Dorf?"

„Bleibe mir weg mit diesen hochnäsigen Kaufmannssöhnchen. Die können doch nicht mal ein Schwein von einem Kalb unterscheiden", erwidert aufgebracht der Schulze.

„Hab´ ich mir schon gedacht, dass Du so reagieren würdest. Aber Deine Vorschläge sollen besser sein?"

Martina ist schlecht gelaunt. Ihr Vater ist zwar leicht zu durchschauen, aber ein rechter westfälischer Dickschädel und schwer zu beeinflussen, wenn er sich erst einmal festgelegt hat. In seiner Aufregung greift der Vater zur Zigarrenkiste, um eine herauszunehmen.

Martina durchzuckt es heiß und kalt. Wenn er jetzt eine Zigarre nimmt wird er die fehlende Quittung bemerken. Spontan kommt ihr eine Idee.

„Vater, etwas anderes, wann kommt denn der Herr Offizier das nächste Mal zu uns auf den Hof?" fragt Martina ganz unschuldig.

Von diesem Gesinnungswandel seiner Tochter etwas überrascht, vergisst der alte Gronenburg die Zigarren, stellt die Kassette zurück und schaut seine Tochter an.

„Aha, ein deutliches Wort scheint bei Dir doch noch etwas zu bewirken."

„Ja, ja, das kennen wir schon. Wann wird er denn kommen?"

„Ich weiß es nicht genau, aber wohl nächste Woche Dienstag, glaube ich. Er wird mich aber noch informieren." Martina hat es jetzt eilig. Immerhin wartet Walter Hülsbusch auf die Quittung von Von Blütow.

„Vater, ich muss noch etwas erledigen. Ich werde Dich mit Deiner Arbeit und Deinen Problemen allein lassen."

„Ja, ja, die Jugend hat immer die flottere Zunge. Also mach´ man", antwortet ihr Vater. Mit schnellem Schritt geht Martina zum Haus des Kötters Hülsbusch. Dabei schaut sie sich um, ob ihr Vater sie nicht beobachtet. Dies ist nicht der Fall. Sie findet Walter mit seinem Vater am Tisch sitzend. Sobald die beiden sie sehen springen sie auf und grüßen sie höflich.

„Mademoiselle Große-Gronenburg, seien Sie gegrüßt. Was verschafft uns das Vergnügen Ihrer Anwesenheit?"

„Ich habe hier einen Bund Stoff für meine Schneiderin in Greven. Der Walter soll ihn mitnehmen und ihr in meinem Namen geben", erklärt Martina. Walter, der mit einem breiten Lächeln diesen Einfall zum Transport der Quittung beantwortete, nimmt das Bündel entgegen.

„Danke Fräulein Große-Gronenburg, ich werde mich bemühen, Ihren Wunsch durchzuführen", sagte er ihr. Während Martina sich vorsichtig auf den Rückweg zum Hof machte, nutzt Walter den aus Kindertagen bekannten Schleichweg an die Ems und zur Grenze.

Ein Teil der Strecke führt durch feuchtes und mooriges Gebiet. Die Ems hat im Laufe der Jahre immer wieder Teile des Geländes überflutet und von der Hangkante Teile mitgerissen. Er muß auf seinem Weg aufpassen, das er nicht in einen der Tümpel und kleinen Emsarme abrutscht. Seine Ausflüge an die Ems in seiner Kindheit können ihm hier nur wenig helfen, da sich das Gelände in kurzer Zeit verändert. Einzig das Schlagen der Glocke an St. Martinus und das Licht des Mondes helfen ihm bei der Orientierung.

Als er dann an der letzen Abbruchkante vor dem eigentlichen Emsfluss steht, kniet er sich nieder und schaut sich ruhig um. Wenn einer der Grenzwachen hier wartet und schaut, so machten sie unweigerlich nach einiger Zeit Geräusche. Auf diese achtet er jetzt besonders. So etwas hatte er schon als Kind gerne gemacht, die vielen Geräusche der Natur und der Menschen zu vernehmen und zu unterscheiden.

Heute Abend läßt sich keine Wache hören. Er geht den Abhang hinunter und zu dem Busch, in dem das kleine Boot der Barkensteins liegt. Es dient normal als Möglichkeit, von der Pünte an Land zu gelangen, ohne das Schiff am Ufer fest machen zu müssen. In dieser Nacht nutzt er es für den Rückweg zum Überqueren der Ems.

Kapitel 27: Nach Münster!

Die Chaussee von Greven nach Münster ist an diesem Morgen von Kutschen und Fuhrwerken gut genutzt. Diese Verhältnisse sind aber nicht außergewöhnlich. Täglich bewegen sich die verschienen Fahrzeuge auf dieser wichtigen Straße. Schwere Fuhrwerke, von Ochsen oder Kaltblutpferden gezogen, kommen nur langsam voran und sind schwer beweglich. Leichte Kutschen, schnell und wendig, versuchen die schweren Transporter zu überholen. Dafür lässt die Chaussee mit ihrer Breite aber nur wenig Raum. Es kommt immer wieder zu Stockungen, aber auch zu unfreundlichen Reaktionen der Kutscher untereinander. Am Rande der Fahrspuren und immer auf der Suche nach einem angenehmen Weg laufen Fußgänger. Manche fragen Kutscher, ob sie mitgenommen werden können. Andere, gut geübte Fußgänger, schaffen Geschwindigkeiten, die eine Kutschenmitnahme – zumal auf schweren Fuhrwerken – erübrigt. Reiter nutzen zum Fortkommen die Randstreifen beiderseits des Weges. Diesen kommen Fußgänger und übermütige Kutscher in die Quere.

Die Straße nach Münster ist eine wichtige Verbindungsader im alten Fürstbistum Münster. Über sie führt der Weg zum Hafenplatz der ehemaligen Residenzstadt und heutigen Handelsplatz Greven. Die Chaussee ist auch die Handelsroute ins Emsland, zur Nordsee, zu den Hansestädten und in die nördlichen Provinzen der Batavischen Republik, den Niederlanden. Vor 50 Jahren versuchte man diese Handelsstraße mit dem Bau des Max-Clemens-Kanals von Münster nach Rheine durch eine Verlagerung auf das Wasser zu entlasten. Das Ergebnis war nicht überzeugend. Der sandige Untergrund ließ das Wasser immer wieder aus dem Kanalbett abfließen. Auch die Aufbringung von Lehm brachte nur vorübergehende Erleichterung, da das Wasser immer wieder einen Weg fand.

Walter flucht.

Er schafft es nicht, an einem Fuhrwerk mit hoch aufgeladenen Waren vorbei zu kommen. Er hat diesen Weg schon häufig genommen, aber so schlimm war es nur selten. Immer wenn es schnell gehen soll, dann ... ! Zeitweise steht er auf dem Kutschbock und führt laute Selbstgespräche. Er kann aber auch gut den anderen Kutschern bei freundlichen Hinweisen auf seinen Fahrstil Paroli bieten.

„Du fährst so gut Kutsche, wie Dein Kläpper aussieht."

Anton hat sich mehrere Kissen zusammen gelegt und darauf gesetzt. Dies federt etwas mehr das Rütteln in der Kutsche ab. Dabei hält er sich mit beiden Händen fest. Er hätte besser ein Pferd für den Weg nehmen sollen. Aber Walter musste als Zeuge dabei sein und sollte anschließend noch etwas für Vater Barkenstein erledigen. Dafür brauchte er die Kutsche.

„Walter, mach´ nicht so einen Wind, wir wollen in Münster ankommen", ruft er dem wild agierenden auf dem Kutschbock zu.

Der hört nicht oder will nicht hören. Anton hat in einer Tasche die Quittung vom Schulze Große-Gronenburg. Dazu verfasste er schon vor ein paar Tagen einen genauen Bericht über seine Erkundigungen. Zusammen mit dem Zeugnis von Walter hofft er den General überzeugen zu können. Zur Vorsicht trägt er eine Pistole und ein langes Messer bei sich. Bei Von Blütow will er auf Nummer sicher gehen. Jetzt rumpelt es gewaltig. Walter hat die Faxen dick und fährt über eine Wiese neben der Chaussee um Land zu gewinnen. Er kennt die Kutsche gut, dies muss Anton neidlos anerkennen. Walter weiß, wie weit er das Gefährt ausreizen kann. Trotz dieser Fahrkünste geht kurz vor dem Weiler Kinderhaus nichts mehr.

An der Kreuzung der Chaussee mit dem Treidelweg am Kanal liegen zwei Kutschen ineinander verkeilt. Ein Transportfuhrwerk, auf der Brücke über den Max-Clemens-Kanal nach Münster fahrend, hatte eine Kutsche, die vom Treidelweg gekommen war, übersehen und so nahm das Unglück seinen Lauf. Jetzt hängt die Kutsche halb unter dem schwer beladenen Fuhrwerk. Ein Pferd liegt auf der Straße und wiehert laut und schräg vor Angst und Schmerzen. Um das Pferd herum stehen die beiden Kutscher und streiten sich. Einiges Volk, Schaulustige, steht drum herum und verfolgt gespannt das Schauspiel.

„Was ist denn los?" will Anton genau wissen.

„Ja, da hat´s wohl gut gekracht", antwortet ihm Walter, „Jetzt palavern sie, wie das Pferd getötet werden soll. Scheint sich einiges zugezogen zu haben. Wiehert ja auch gotterbärmlich."

„Das hat uns auch noch gefehlt. So werden wir nie ankommen", stöhnt Anton. Er ist sich sicher, mit dem Pferd schneller gewesen zu sein. Damit nicht der ganze Verkehr zum Erliegen kommt, organisieren einige Umstehende und Kutscher eine Vorbeifahrt an der Unglücksstelle, direkt vor der Brücke über den Kanal.

„Hier kracht's doch immer wieder", flucht Walter, „einer schaut nicht richtig hin und schon hängt er beim anderen in der Kutsche."

Endlich geht es weiter. Nach dieser Aufregung führt die Fahrt durch Kinderhaus auf die alte fürstbischöfliche Hauptstadt Münster zu.

Außerhalb der Altstadt geben sie die Kutsche in einer Remise zur Versorgung ab. Durch die engen Straßen und Wege in der Stadt kommen sie schneller zu Fuß weiter.

Kapitel 28: Blüchers Hauptquartier

Das war so gar nicht seine Sache, ruhig hinter einem Tisch sitzen, Berichte hören und dann Entscheidungen treffen. Dann lieber auf einem Pferd über Land reiten und vor Ort mit seinen Soldaten reden. Und dazu diese Papiere. Den ganzen Tag Papiere. Ein Schreiben aus Berlin wegen einer Verwaltungsneuordnung. Ein Amtmann soll abgesetzt und ein anderer an seine Stelle kommen. Warum denn? Der bisherige Amtsleiter war doch gut, es muss ja auch nicht immer nur der eigene Mann sein. Oder die Beschwerden aus den Dörfern. Jeder Gemeindevorsteher will sich profilieren. Ein Brief an den Statthalter des Königs macht sich da ganz gut. Und jeden kleinen Pisselkram legt man ihm vor. Vorlegen wäre ja genug gewesen, aber er soll dann dazu noch etwas sagen oder gar eine Entscheidung finden. Oder dieses Schreiben aus Greven.

Da regen sich diese Kleinstädter doch tatsächlich darüber auf, das ihnen die drei Husaren zu teuer würden. Dieser Barkenstein mag ja für die Preußen sein, aber auch ein Pfennigfuchser ist er. Da hatte er beim Barkenstein, dem Ortsvorsteher – oder war der ein Bürgermeister? – Egal, bei dem hatte er logiert und mit ihm einen schönen Abend lang geredet. Wegen der Bedeutung der Stadt musste er dort Soldaten hinschicken. Da hat er dann die drei Husaren einquartieren lassen. Die können zu Pferd ein großes Gebiet absichern und beobachten. Zudem wollte er dem Barkenstein und seinen Freunden nicht zuviel aufbürden, sind Preußen-Freunde, die soll man gut behandeln, so früh nach der Übernahme des Landes. Erst mal die Macht festigen und ausbauen, besonders bei diesen halsstarrigen Münsterländern. Er hätte den Grevenern auch ein ganzes Kontingent Fußsoldaten schicken können, wäre denen bestimmt übel aufgestoßen. Aber die bleiben, die drei mit dem Von Blütow, ein guter Mann.

„Herr General, die Antwort nach Greven bitte noch unterzeichnen", der Ordonanzoffizier holt Von Blücher aus dem Halbschlaf.

„Äh, ja mach' ich schon. Was? Die drei Husaren, ja, ja", grummelte Von Blücher.

„... die drei Husaren haben noch heute von mich befehl erhallten keine unbillige Pretensionen zu machen, 3 Husaren kün doch der Stadt Greven nicht lestig *werden ...*", liest er halblaut vor sich hin. Noch mehr Freundlichkeit geht beim besten Willen nicht.

„Und was steht sonst noch an?" fragt er zum weiteren Geschehen.

„Derzeit habe ich keine Schriftstücke. Nach dem Mittag steht ein Gespräch mit Vertretern des Domkapitels an. Es geht um Grundstücksfragen."

„Muss das denn sein, kann das nicht jemand anderes machen?" Blücher mag diese überkorrekten Vertreter des Bischofs überhaupt nicht. Als guter Lutheraner hat er eine angeborene Abneigung gegen die Vertreter des Papstes. Er hat immer die Vorstellung, dass die Herren der katholischen Kirche nur auf Anweisung aus Rom Beschlüsse fassen. Da sind ihm die protestantischen Geistlichen mit ihren lokalen Möglichkeiten lieber. Ein Mann, ein Wort und keine Enzykliken, die gewälzt werden müssen.

Apropos Mann, seine Soldaten, die sind Ihm wirklich wichtig. Für ihre Versorgung muss gesorgt werden. Sie verehren ihn. Für viele ist er so etwas wie ein Übervater oder Großvater. Vom Alter her stimmt das auch, er mit seinen 61 Jahren und sie mit ihren achtzehn, zwanzig oder fünfundzwanzig Jahren.

„Wie steht es mit der Versorgung der Truppe?" fragt Blücher weiter.

„Von Blütow ist mit reichlich Proviant angekommen. Wie der das macht ist schon eine Kunst. Ist zwar nicht billig, aber für die Versorgung wichtig."

„Na, zumindest einer, der was schafft", zeigt sich Blücher zufrieden.

Er wendet sich wieder den Papieren auf seinem Tisch zu, hat aber schon Überlegungen angestellt, sich von dieser Arbeit zu entfernen. Während er noch nachdenkt, wird die Tür zum Zimmer aufgerissen. Ein Offizier kommt hinein, salutiert und geht auf den Tisch zu.

„Generalissimus, da ist ein Mann aus Greven, er nennt sich Barkenstein und möchte sie sprechen."

„Barkenstein? Wie alt ist der Mann?"

„Noch jung, so um die zwanzig Jahre. Warum fragen ... ?"

„Ah, dann ist es wohl sein Sohn! Lassen Sie ihn herein, mal was anderes als diese Papiere. Bringen Sie was zu trinken." Der Offizier geht in den Vorraum. Man hört Stimmen und Fußscharren auf dem Boden. Dann kommt ein junger Mann durch die Tür, etwas außer Atem und mit zerzaustem Haar.

„Herr General Blücher, ich bin Anton Barkenstein. Sie haben im Haus meines Vaters in Greven vor einigen Wochen übernachtet, auf Ihrem Weg nach

Münster."

„Ja ich erinnere mich. Wie geht es Ihrem Vater? Laufen die Geschäfte gut?"

„Er kann sich nicht beschweren. Hatte sich den Übergang aber doch etwas schneller vorgestellt."

„Ja, das hatte ich mir auch anders vorgestellt. Ich sitze hier stundenlang hinter dem Schreibtisch und soll irgendwelche Papiere unterschreiben. Da reite ich doch lieber durch die Landschaft. Die ist interessanter als die Sandwüste um Berlin. Aber was gibt's denn?"

„Ich muss Sie um Hilfe bitten. Ich bin einer großen Sache auf die Schliche gekommen."

„Na, junger Mann, nicht gleich übertreiben", meint Blücher.

„Ja, aber der Offizier, den Sie in Greven stationiert haben, der macht krumme Geschäfte über die Grenze hinweg in Rheina-Wolbeck. Der holt sich von den Bauern links der Ems Waren. Die bringt er nach Münster und verkauft sie an Ihr Militär."

„Ja, der Blütow, der besorgt uns Proviant für meine Soldaten. Und da soll etwas nicht richtig sein? Kann ich mir nicht denken", zweifelt Blücher an den Anschuldigungen Barkensteins.

„Ja, aber ich habe einen Beweis. Eine Quittung für Waren, die er von Bauern angenommen hat. Eine Quittung für die Finanzbehörde im Fürstentum von Rheina-Wolbeck. Wenn Sie die vergleichen mit den Preisen die Sie zahlen müssen, dann können sie feststellen, wie viel er in die eigene Tasche steckt", Anton ist voll im Redeschwung.

Blücher hört ruhig zu. Er weiß, dass es besser ist, den jungen Mann ausreden zu lassen. Danach wird er ruhiger sein und man kann besser mit ihm umgehen. Als Barkenstein zuende geredet hat, schweigt Blücher einige Zeit. Was soll er machen. Ein wichtiger Offizier wird hier von einem Zivilisten angeschuldigt, das Militär – sein Militär – zu betrügen. Ihn einfach abzusetzen wäre nicht gut, ließe sich zwar bewerkstelligen, aber wie würden seine Soldaten das einschätzen. Wäre diese Sache im Krieg geschehen, auf irgendeinem Marsch, dann wäre es kein Problem. Aber das hier ist anders. Hier geht es um eigenes Land. Die neue Provinz muss nicht nur militärisch, sondern auch zivil erobert werden. Und die Bauern und Händler achten genau auf das Verhalten der neuen Herrscher in dieser Sache.

„Wo haben Sie denn diese Quittung? Die möchte ich mir anschauen, oder noch besser an mich nehmen", fragt Blücher. Anton gibt dem General das

Von Blütow unterzeichnete Schreiben an Große-Gronenburg.

„Gut, das sieht echt aus. Ich werde mir die Unterlagen vom Versorgungs-offizier mal geben lassen. Dann werde ich es wissen", sagt er Barkenstein.

„Und? Wird der Offizier dann aus Greven abgelöst oder ganz wegge-bracht?", fragt Anton insistierend nach.

„Junger Mann, wir sind hier beim Militär, da kann ich so etwas nicht ein-fach übers Knie brechen", antwortet Blücher. „Aber wenn Sie recht haben, dann wird Herr von Blütow einige Fragen beantworten müssen."

Die Tür wird aufgerissen und ein Offizier betritt den Raum.

„Herr General! Wir müssen langsam aufbrechen, die Herren vom Dom warten!"

„Ja, ja, die Herren vom Dom. Junger Mann wir verbleiben wie besprochen. Grüßen Sie ihren Herrn Vater. Ich werde ihn mal besuchen müssen."

„So, das war's. Jetzt habe ich aber die Schnauze voll von diesen Papst-Vertretern in Münster. Lasst mich in Ruhe. Ich brauch´ jetzt etwas Entspan-nung."

„Herr General, ein Bier und etwas zu essen?"

„Ja das ist gut!" Blücher macht es sich am Schreibtisch gemütlich. Schiebt die Papiere zur Seite und macht Platz für Bier und Essen. So lassen sich die Probleme bewältigen, denkt er dabei. Zwischen den Papieren fällt ihm etwas auf. Eine Aufstellung von Waren.

Ah, die Sache von dem Barkenstein, denkt Blücher und schaut sich das Papier an. Dann greift er in seine Innentasche und holt die Quittung heraus, die er von Anton bekommen hatte.

Aha. So sieht das also aus. Der junge Mann scheint mir ja ein ganz ver-schlagener Kopf zu sein – ganz der Vater. Der General schaut sich jede Position auf Quittung und Empfangsbeleg genau an. Dabei lässt er den Kopf hin und her pendeln, so wie er es immer macht, wenn er intensiv nachdenkt.

„Ja, das ist ein dicker Hund. Soviel kann man auch in der Brandenbur-gischen Sandkiste nicht verbuddeln. Da muss ich mir diesen Von Blütow mal zur Brust nehmen", denkt Blücher laut weiter.

Von Blütow steht ziemlich verwirrt vor dem Schreibtisch seines Generals im Schloss zu Münster. Direkt aus dem *Goldenen Reh* in Greven hatte ihn ein

Eskorte Soldaten abgeholt. Alle anwesenden Grevener schauten ziemlich ungläubig diesem Schauspiel zu. Kinder rennen nach Hause um zu berichten. Die Gerüchteküche füllte sich zusehends mit 'heißer Luft'.

Er, der befehlshabende Offizier in Greven, wird von einem Vorgesetzen mit Soldaten aus der Gaststube heraus, direkt nach Münster abgeholt. Sehr nervös steht er jetzt im großen Raum, nur der General vor ihm sitzend, sonst kein weiterer Offizier des Stabs.

„Herr von Blütow, setzen Sie sich. Ich muss mit Ihnen in einer sehr unangenehmen Sache sprechen. Einer Angelegenheit, welche der Sicherheit meiner Soldaten, der Präsenz Preußens in Münster und meiner eigenen Glaubwürdigkeit Schaden zufügen kann."

Von Blütow ist wie vor den Kopf geschlagen.

„Aber, Herr General, wenn ... ! Was soll´ ich denn dabei ... ?"

„Können Sie sich nicht denken, worum es geht? Woher haben sie denn die Proviantlieferungen an unser Regiment hier in Münster bekommen?"

„Ach so, darum geht es. Den Proviant habe ich von den Bauern aus Greven und den Orten und Bauernschaften drum herum. So zum Beispiel aus Saerbeck, Schmedehausen und Ladbergen.

„Das hört sich ja recht schön an. Mir liegt aber ein Beleg vor, der etwas anderes aussagt. Danach kommen die Waren aus dem Fürstentum Rheina-Wolbeck."

„Das ist eine verdammte Lüge! Wer behauptet so etwas? Da will mir jemand meine Ehre nehmen! Herr General, glauben sie diesen Lügen nicht!" Von Blütow ist außer sich. Jetzt ja nichts falsch machen, denkt er.

„Sie selbst belegen diese, meine Einschätzung. Schauen Sie hier, auf diesem Empfangsbeleg, das ist doch Ihre Unterschrift?"

„Jawohl Herr General, das stimmt. Meine Unterschrift. Alles abgeliefert nach Recht und Gesetz."

„Das mit dem Recht und Gesetz lassen wir besser mal außen vor, Herr von Blütow. Wenn dieses Ihre rechtmäßige Unterschrift ist, wie kommt dann diese Unterschrift auf ein Quittungsschreiben aus Ihrer Hand an den Schulzen Große-Gronenburg aus Greven links der Ems im Fürstentum Rheina-Wolbeck?"

„Das muss eine Fälschung sein. Da will mir jemand etwas unterschieben. Ich habe die Waren rechtmäßig ..."

„Schluss, Herr von Blütow!" Blücher ist verärgert. Will ihn dieser kleine

Offizier wirklich auch noch zum Narren halten? Scheint kein Mann von Ehre zu sein.

„Wären wir im Krieg und in irgendeinem Ausland, könnte ich darüber hinweg sehen – aber wir sind hier in Preußisch-Westfalen! Und diese dickköpfigen, katholischen Bauern und Dorfbewohner schauen ganz genau darauf, was wir hier treiben. Und wenn hier ein preußischer Offizier solche krummen Dinge macht, wie Sie hiermit ... ", Blücher wedelt mit den Schriften vor Von Blütows Gesicht herum, „ ... so sind die schneller aufgebauscht und im Land herumgesprochen als ich Amen sagen kann. Ich will hier aber Ruhe haben, denn diese Eichenschädel von Westfalen sollen preußisch werden! Die trauern mir noch viel zu stark ihrem Fürstentum nach. Sie werden nach Berlin gehen – noch morgen in der Frühe – mit dem Kurier zusammen reisen Sie. Sie bleiben heute in Münster. Ihre Sachen werden Ihnen nachgeschickt. Die Order erhalten Sie von der Ordonanz! Das ist mein Befehl und Wille."

Von Blütow springt auf, steht stramm und grüßt militärisch.

„Zu Befehl!"

„Sie können wegtreten!" antwortet Blücher. Nachdem die Tür zu Blüchers Arbeitszimmer hinter ihm geschlossen wird, steht Blütow einige Zeit still da. Sein Stolz ist stark ramponiert. In Ihm ist etwas zusammen gestürzt.

Das kann nur dieser Krämersohn gewesen sein, geht es ihm durch den Kopf. Bei der letzten Fahrt mit Waren hatte er sich doch nicht versehen. Ihm war so, als würden die Kutschen verfolgt werden. Diese beiden Reiter in einiger Entfernung hinter den Kutschen. Das muss dieses Bürschchen und sein Knecht gewesen sein. Wenn er deswegen nach Berlin zurück muss, ist er bei seinen Kameraden unten durch, denkt er weiter. Diesem jungen Barkenstein muss ich die Abrechnung für sein Treiben präsentieren.

Kapitel 29: Entscheidung

Abendstimmung am Schiffsanleger an der Ems. In rötlicher Farbe reflecktieren die Sonnenstrahlen in den Segeln der Pünten am Steg. Knechte und Schiffer haben ihr Tagwerk eingestellt. Ruhe ist eingekehrt. Von der Zollstation dringen leise die Gespräche der Zöllner und Soldaten herüber. Dabei mischen sich münsterländer Platt mit französischen Brocken zu einem frankodeutschen Wörtergemisch. Der Lauscher hört die Internationalität dieser kleinen Grenze an der Ems.

Im Lagerhaus seines Vaters wartet Anton und lauscht den Geräuschen, dem Glucksen des Wassers an den Schiffen, dem Paddeln von Enten im Fluss, das Zwitschern von Vögeln in den Bäumen. Es ist friedlich an diesem Abend, in dieser Stunde am Schiffsanleger in Greven. Da hört Anton etwas hinter dem Schuppen rascheln.

Es ist Walter, der vorsichtig durch die Lagerhaustür schaut.

„Amor von Westfalen auf geheimer Mission bringt nicht nur den Pfeil, sondern auch das Ziel", erklärt Walter, bevor Martina durch die Tür auf Anton zuläuft.

„Geliebter!" ruft sie, als sie schon in seinen Armen liegt. Anton gibt ihr einen Kuss und drückt sie fest an sich.

„Ja, Geliebte, jetzt kann uns Niemand mehr trennen", haucht er ihr ins Ohr.

„Auch mein Vater hat sich mit seinem Schicksal versöhnt", entgegnet sie und gibt ihm einen Kuss auf die Nase.

„Herr Großbauer Barkenstein!"

„Na wenn das nicht international ist, Kaufmann in Greven, Preußisch-Westfalen und Großbauer im Fürstentum Rheina-Wolbeck. Da muss ich ja jemanden haben, der den Hof beaufsichtigt. Wer das wohl machen kann", murmelte er ihr leise ins Ohr und streichelte ihr dabei den Nacken.

„Ja, Herr internationaler Unternehmer Barkenstein, da wüsste ich eine qualifizierte Bauersfrau, Tochter eines Schulzenhofes und bei den Nonnen in Münster erzogen."

„Na wenn das so ist, steht der geschäftlichen Partnerschaft ja nichts entgegen." Martina stößt ihn von sich und sieht ihn direkt an.

„Was soll das denn? Geschäftliche Partnerschaft? Du willst wohl den Hof und sonst nichts?"

„Na, komm schon ...", er ergreift ihre Hände und zieht sie zurück an sich, „ ... Fräulein Große-Gronenburg fühlen sich etwas hochwohlgeboren" und gibt ihr einen dicken Kuss auf den Mund.

„Der Herr Barkenstein bei geschäftlichen Transaktionen wie ich sehe", kommt plötzlich eine schneidende Stimme von der Tür herüber. Anton wirbelt herum. Sofort greift er zu einem herumliegen Knüppel.

„Nein", schreit in ihrer Angst Martina auf. Im Abstand weniger Meter stehen sich Anton und Von Blütow gegenüber. Jeder belauert den anderen.

„Hört auf!" ruft Martina. Sie hat sich in die hinterste Ecke verzogen. Die Tür ist blockiert und sie kennt sich hier nicht aus.

„Der Herr Barkenstein scheint ja ganz darauf versessen mich zu schädigen. So etwas tut ein kleiner Krämerjunge nicht mit einem preußischen Offizier. Da muss man an dem Herrn wohl die gediegene preußische Erziehungskunst anwenden", sagt Von Blütow.

„Was soll das! Sie dürfen gar nicht mehr hier sein. Es ist Ihnen doch von Ihrem General verboten worden, Münster zu verlassen!"

„Bin ich denn hier? Nein. Ich bin in der Kaserne in Münster. Das werden alle meine Kameraden bezeugen. Und unser kleines Krämerjüngelchen wird von einem bösen Dieb in dunkler Nacht abgestochen und erschlagen", droht Von Blütow.

„Damit kommen sie nicht durch! Es gibt Zeugen! Und die Zöllner sind auch noch da", erwidert Anton.

„Junge, den Zöllnern hast Du ein Geschäft kaputt gemacht. Dein Knecht liegt gut verschnürt und selig schlafend in der Hecke hinter dem Schuppen."

„Aber Martina ... !" Von Blütow schaut Martina kaltlächelnd an. Dem Blick kann sie nicht lange standhalten und schaut weg.

„Ja, das Bauernfräulein. Große Dame mit Kuhfladen im Hirn. Für das Geschäft macht man schon einiges. Gute Stimmung beim Partner ist schon wichtig. Und ihr Vater sah schon ein 'Von und Zu' über'm Torbogen prangen. Ha ... dafür hat er mir gute Preise gemacht", legt Von Blütow jede Zurückhaltung ab.

„Siehst Du Martina, ein schöner Ehrenmann in Uniform ist dieser preußische Offizier."

„Ha! Ein kleiner Krämerjunge kann mich ... !" plötzlich geht ein Ruck durch Von Blütow.

Irgend etwas scheint nicht mehr zu stimmen. Er steht plötzlich stramm und bewegt sich nicht mehr. Dann lässt er den Säbel fallen. Von Blütow macht einen Schritt nach vorne.

Jetzt können Martina und Anton einen Säbel in seinem Rücken sehen. Mit diesem 'Orientierungsmittel' geht er drei Meter weiter in die Lagerhalle hinein. Und jetzt können die beiden Verliebten den Träger der Waffe erkennen.

Mit einem jovialen Lächeln folgt Wernher von Theile dem Offizier.

„So ein böser Bube, belästigt hier friedlich sich treffende Liebende und will gar böses mit ihnen anrichten. So etwas geht doch nicht", spricht er zu den beiden.

„Das war Rettung in letzten Minute. Herr von Theile, ich danke Ihnen!" erklärt Anton aufrichtig erleichtert.

„Ich weiß nicht, ob ich wirklich diesen Dank verdiene."

„Warum denn nicht?"

„Ich kenn´ den Herrn von Blütow schon eine geraume Zeit. Und ich befürchte, wenn diese Angelegenheit hier nicht endgültig geregelt wird, werden sie keine Freude mehr haben. Der Herr von Blütow ist nämlich etwas nachtragend", erklärt Von Theile in ruhigem Ton.

„Sie mich kennen? Ich kenne sie nicht, nur Ihren Namen, Herr von Theile! Was wollen Sie denn?" mischt sich Von Blütow ein.

„Ja, Herr von Blütow, mich kennen sie nicht. Sagt Ihnen der Name Gustav von Brannenburg etwas?"

„Wer soll das? Wer ist denn das?"

„Ja, Herr von Blütow, das ist ja auch schon ein paar Jahre her. 1796 in Berlin. In einer Schenke saß ich mit meinem Freund Brannenburg, um zu essen. Da kamen Sie mit ihren besoffenen Kumpanen herein und meinten, die ganze Kneipe übernehmen zu können", informiert Von Theile mehr Anton und Martina als Von Blütow.

„Ach je, das ist doch schon nicht mehr war. Wenn sich jemand mit Soldaten anlegt, muss er mit so etwas rechnen."

„Mein Freund sagte lediglich, dass auch andere Bürger ihr Bier dort trinken dürften. Unser Offizier nahm einen Krug und schlug einfach zu. Seine Kameraden haben ihn gedeckt. Seit damals versuche ich ihn zu überführen. Jetzt habe ich es geschafft. Aber wenn ich ihn jetzt laufen lasse wird er morgen weitermachen."

„Und was soll jetzt geschehen, Herr von Theile?" fragt ihn Anton Barkenstein.

„Das ist die Frage. Lassen Sie mich kurz überlegen. – Mir fällt nur eine Antwort ein: ein Duell!" antwortet Theile.

„Was, ein Duell mit einem Zivilisten!", fährt Von Blütow etwas lauter Von Theile an.

„Doch werter Herr Offizier. Ich könnte Sie auch einfach hier abstechen, würde mir auch gefallen. Und es würde bei Ihrem Chef mehr Fragen aufwerfen als Antworten. Ein flüchtiger adeliger Offizier weit von seiner Einheit entfernt. Ehrlose Entlassung aus der Armee post mortem. Das bisschen Adel, das Ihre Familie in Berlin noch hat, wird dann nur noch Schnee in der Sonne sein. Und was das heißt ...".

„Sie sind ein ...", Von Blütow schäumt vor Wut. Dieser windige Bursche würde nicht nur Ihn, sondern seine Familie erniedrigen.

„Herr von Blütow, sie werden jetzt nach den Wünschen des Herrn Barkenstein auf ein Duell einwilligen!" Von Theile lässt keinen Zweifel, dass er ein Nein nicht akzeptieren würde.

„Sie sind ... ach was, wir werden es machen", willigt Von Blütow ungehalten ein.

„Na gut, welche Waffe, Herr Barkenstein?"

„Den Stab", erklärt Anton. Seit Beginn seiner Freundschaft mit Walter hat er über Jahre mit ihm diese Schutzmöglichkeit des kleinen Mannes geübt. Er hätte nie gedacht, dass er diese Ausbildung einmal brauchen würde.

„Ha, ein Holzstab, wo sind wir denn hier? Das ist nicht standesgemäß!" lässt sich Von Blütow hören.

„Jawohl, ein Holzstab wurde erwählt. Sie, Herr von Blütow haben diese Wahl zu akzeptieren", erklärt Von Theile die Regeln und wendet sich an Martina mit den Worten:

„Mademoiselle, reichen Sie bitte den Herren jeweils einen der Stäbe dort aus der Ecke." Anton und Von Blütow stehen sich in der Mitte des Speichers gegenüber und taxieren sich gegenseitig.

„Die beiden Gentlemen haben ihre Position eingenommen. Ich gebe das Zeichen: und los!" befehligt Von Theile.

Kapitel 30: Ergebnisse

Ist das der Tod?
Soll so der Himmel oder die Hölle sein?
Ah, wie das alles weh tut ... alles tut weh.
Ich kann ja kaum denken. Mein Kopf!
Wo sind meine Beine? Meine Arme ... ?

Ruhe.

Wie es hier riecht.
Was ist geschehen, wie komme ich hier hin?
Was lässt sich bewegen?
„Aaaah ...," *ruhig liegen bleiben, Nichts bewegen, dann tut nichts weh.*

Schlaf überfällt den Liegenden. Ruhe und Schmerzlosigkeit sind seine größten Wünsche, die Ihm in Augenblicken geistiger Rege kommen. Irgendwann sieht er etwas Licht. Es wird wohl langsam hell.

„Aah ...," *das tut an den Augen weh. Augen zu!*

Ganz leise vernimmt er Geräusche. Stimmen, Gerumpel, Schritte. Irgendwer scheint über ihm zu stehen und zu reden. Dann senkt sich ein Schatten auf ihn und berührt ihn.

Er stöhnt auf vor Schmerz. Jeder Knochen und jeder Flecken Haut tut ihm weh. Starke Hände greifen zu und er fühlt sich angehoben. Dann verliert er wieder das Bewusstsein.

Das nächste, was er bemerkt, sind weiche Kissen, Matratzen, Laken. Aber auch die Schmerzen. Er schläft wieder ein – Ruhe! So viel Ruhe wie möglich!
„Herr von Blütow. Hören Sie mich?" eine weibliche Stimme dringt in sein Gehirn vor.
Muss ich jetzt reagieren?
„Herr von Blütow ... hören Sie mich?"

„Umnumulmn … ja?" kommt es aus der Bettwäsche gestöhnt.

„Sie müssen etwas essen. Sie sind schon zwei Tage bei uns, Ihr Körper braucht Nahrung", fordert die Frauenstimme sehr bestimmt zum Handeln auf.

„Ja, was ist? Warum? Wie … ?" kurz, abrupt murmelt Von Blütow diese Worte.

„Das wissen Sie selbst nicht? Ja wir wissen auch nicht, was geschehen ist. Man fand Sie beim Sonnenaufgang in der Nähe des Kreuztores, außerhalb der Stadt Münster in einem Graben liegen. Arg zugerichtet. In welcher Spelunke haben Sie sich denn ´rumgetrieben? Wie der Herr Doktor sagt, wird es wohl nichts mehr mit einer Offizierskarriere beim Militär – aber denken Sie an schönere Dinge. Die Sonne scheint. Das Essen ist warm."

„ … Blücher … sprechen", murmelt Von Blütow.

„Was, den General wollen Sie sprechen? Der ist vor Tagen nach Berlin abgereist. Sie sollen nachkommen, wenn Sie wieder auf dem Damm sind", antwortet die weibliche Stimme.

Kapitel 31: Familiäre Entscheidung

Am Tag nach dem Duell im Lagerhaus der Barkensteins kommt es im Hause Barkenstein zu einem besonderen Gespräch zwischen Wilhelm-August und Anton.

„Anton, mein Sohn, was ist los? Wie ich erfahren habe, warst Du bei General Blücher in Münster. Dieser preußische Offizier wurde danach aus Greven abgeholt und wird nach Berlin versetzt. Und dann wieder diese Liebelei mit der Tochter vom Überwasserbauern. Hast Du dieses Mädchen denn in Amsterdam nicht vergessen?" insistiert der alte Barkenstein bei seinem Sohn.

„Vater, was ... Ja, dieser Von Blütow ist nicht mehr in Greven. Der muss nach Berlin zurück. Der hat doch die Preußische Armee betrogen. Seine Fahrten nach Rheina-Wolbeck waren ein schöner Zoll- und Preisschwindel. Das haben wir, der Walter, der Herr von Theile und die Martina Große-Gronenburg zusammen vereitelt. Der Offizier hat seine Strafe erhalten."

„Aha, schon wieder dieses Frauenzimmer! Was willst Du denn eigentlich mit der?"

„Heiraten! Ja, das will ich, auch, wenn es Dir nicht gefällt."

„Und ich dachte, nach Amsterdam wäre dies Thema endgültig beendet. Wie es scheint, ist Dir diese Sache in der großen Stadt nicht aus dem Kopf gegangen."

„Ach, jetzt verstehe ich Ihre Großzügigkeit, Vater. Ich wurde nicht auf meinen Wunsch nach Amsterdam geschickt, sondern damit ich Martina vergesse. Schön ausgedacht, Herr Vater, aber das hat nicht funktioniert", Anton ist verärgert.

„Jawohl, mein Sohn. Ich habe an die Familie und an das Geschäft zu denken. Einen Sohn, der jedem Rock hinterher läuft, kann ich nicht gebrauchen. Die Tochter eines Bauern zu heiraten, so etwas musste ich doch verhindern. Da war Amsterdam gerade richtig. Weit weg und viel neues." Anton ist außer sich. Da hat sein Vater ihn nur nach Amsterdam geschickt, um ihm seine Martina vergessen zu machen. Fast wäre es ja auch so geschehen.

„Ich liebe Martina und will sie auch heiraten. Und sie mich auch! Und wenn Ihr nicht wollt, dann gehen wir in die neue Welt. In Amsterdam habe ich gelernt wie ich dorthin komme."

„Mein Sohn will mich erpressen. Wo sind wir hier hingekommen? Wo bleibt der Respekt vor Deinem Vater?"

„Wie soll ich denn Respekt haben vor so einem Vater, wie Ihnen, der mich belügt, nur damit ich eine ihm genehme Frau eheliche?"

„Seit ihr jetzt endlich mal wieder leise. Was sollen denn die Nachbarn denken!" Die Stimme von Hermine Barkenstein unterbricht die Streitenden.

„Hermine, unterbreche hier nicht ein Gespräch zwischen Männern ...!" entgegnet ihr Wilhelm-August.

„Männer? Zwei Saufkumpane unter Alkohol im *Goldenen Reh* könnten sich nicht gewöhnlicher verhalten. Das ist dem Hause Barkenstein nicht angemessen!"

Hermine Barkenstein bleibt unnachgiebig.

„Zudem habe ich eine Kutsche gehört, die auf den Hof eingefahren ist. Es kommt noch ein Gast."

Kaum ausgesprochen, wird der Klopfer an der Haustür betätigt. Butler Wilhelm öffnet und geleitet den Besuch in der Salon. Alle Barkensteins schauen erwartungsvoll auf die Tür zum Flur, durch die Franz Schulze Große-Gronenburg eintritt.

„Gott zum Gruße, verehrte Frau Hermine Barkenstein und werte Herren." grüßt der Überwasserbauer die Anwesenden.

„Ja, das war schnell. Wie es scheint, klappt es an der Grenze jetzt besser. Schön, dass Sie so schnell kommen konnten. Immerhin geht es um Entscheidungen, die beide Familien betreffen", geht in seiner Antwort der alte Barkenstein direkt auf's Ziel los.

„Mein Mann wird in Familienangelegenheiten aktiv, ohne mich einzubeziehen?" fragt überrascht Hermine Barkenstein.

„Nein, Frau, das nicht, nur hatten wir dies vor bald einem Jahr besprochen. Und ich war im Verborgenen aktiv geworden."

„Da ist ja die eine Hälfte unseres Problems. Der junge Herr Barkenstein, der große Liebhaber meiner Tochter", meldet sich der Überwasserbauer.

„Was, wegen mir sind Sie über die Grenze zu meinen Eltern gekommen? Aber warum denn?" Anton wird die ganze Angelegenheit immer merkwürdiger.

„Herr Barkenstein berichten Sie bitte, damit wir alle auf dem gleichen Stand sind."

„Ja, wo beginne ich? Am Besten bei unserem Gespräch im letzten Herbst, liebe Frau, als wir unser kleines Amsterdamkomplott schmiedeten. Einige Tage danach fuhr ich unter der Woche zum Grachtenhof der Große-Gronenburgs und sprach mit dem Schulzen. Irgendwie musste diese Angelegenheit mit unseren Kindern ja gelöst werden. Ich berichtete ihm von dem Amsterdamausflug und meiner Hoffnung, dass Anton dort auf andere Gedanken kommen würde."

„Ja, das war eine schöne Überraschung für mich, meine Tochter und der Sohn vom Dorfvorsteher", meldet sich Große-Gronenburg.

„Das war es nicht nur für Sie, sondern auch für mich. Also, nachdem die Informationen ausgetauscht waren, sind wir eine Abmachung eingegangen. Wenn Anton nach dem Amsterdam-Aufenthalt zu seiner Martina hält, und diese die Gefühle erwidert, dann wollten wir diese Familienangelegenheit umgehend in geordnete Bahnen lenken – sprich die Heirat ermöglichen."

„Genau, wobei ich ja immer noch auf den preußischen Offizier hoffte. Der hat sich auch ziemlich ins Zeug gelegt. Aber meine Martina hat meinen Dickkopf geerbt. Sie war zwar immer korrekt und freundlich zum Von Blütow, aber mehr auch nicht. Dabei hat der sein Schmalz kiloweise fließen lassen", ergänzt der Überwasserbauer.

„ ... und dann müssen mein Sohn und Ihre Tochter uns den wahren Charakter dieses preußischen Ehrenmannes vorführen."

„Ja, das war ein Tiefschlag für mich. Nach der Überführung des Von Blütow war es wichtig, das Ansehen der Familie, auch meiner Tochter, zu wahren. Deshalb habe ich auch dem Vorschlag von Herrn Barkenstein zugestimmt. Sagen Sie es ihrem Sohn, meine Tochter weiß schon Bescheid."

„Wie sag´ ich es richtig. Nachdem Du nach Amsterdam unterwegs warst, habe ich mit unserem ehrwürdigen Monsignore Pastor Jansens gesprochen. Zuerst war er überhaupt nicht damit einverstanden, aber dann sagte er zu. Mein Sohn, Du wirst Deine Martina heiraten!"

„Waas! Aber Ja, das will ich gerne!" Anton ist völlig aus dem Häuschen.

„Gut, das ist schön. Aber jetzt zum Zeitpunkt. Das wird nicht, wie sonst üblich, erst nach einem Jahr Verlobung sein. Nein, aufgrund Eurer Treue und der besonderen Erfahrungen, die Ihr gemacht habt, soll diese Heirat früher gefeiert werden", man merkt dem alten Barkenstein an, dass ihm diese Information nur schwer über die Lippen gekommen ist.

„Wann denn nun, Mann, spann´ Deinen Sohn und mich nicht so auf die Folter?" mischt sich Hermine ein.

„Ja, gut, dann sei es gesagt: Übermorgen wird Deine Heirat stattfinden!" Mutter Barkenstein greift zum Riechfläschchen, denn sie droht das Bewusstsein zu verlieren.

Anton jubelt laut auf. Wilhelm-August Barkenstein und Franz Schulze Große-Gronenburg reichen sich die Hände. Herrn Barkenstein sieht man an, dass er froh ist diese Information mitgeteilt zu haben.

Kapitel 32: Der Abschied

Ganz Greven scheint sich vor der Kirche eingefunden zu haben. Dicht gedrängt stehen die Menschen, überall wird in kleinen Gruppen getuschelt. Knechte und Mägde aus den Wohnhäusern wie von den ortsnahen Bauernhöfen. Niemand will etwas verpassen.

Plötzlich erstickt jedes Gespräch. Die Köpfe schnellen herum und schauen in Richtung Kirchentür. Die hinten Stehenden recken ihre Hälse als sich die Tür an der St. Martinus-Kirche öffnet. Die Hälse werden langsam steif, denn es dauert doch länger als gedacht. Die Hochzeitsgesellschaft mit Braut und Bräutigam lässt sich Zeit. Vor dem Eingang stehen drei Kutschen, die auch Adeligen gut zu Gesicht gestanden hätten. Die beiden Väter von Braut und Bräutigam haben sich nicht lumpen lassen.

Jetzt kommen erst Musiker aus der Kirche. Sie stellen sich am Eingang auf und spielen religiöse Melodien. Das hört sich für viele Ohren etwas neu an, da sie bisher nur die Orgeltöne bei diesen Liedern gewohnt sind. Man hört aus der Kirche den Gesang der Gläubigen. Grevens alte Dorfkirche ist mehr als voll, in Nischen und Ecken haben sich Einzelne gequetscht, um auch noch etwas zu sehen. Scheinbar wissen noch nicht alle was hier geschieht.

„Gib's hier was umsonst oder warum stehen hier alle so herum?" fragt in der letzten Reihe ein Vorbeikommender.

„Du bist wohl vom Mond gekommen ...", weist ihn ein Einheimischer zurecht, „ ... hier gibt's eine Hochzeit zu feiern. Der Sohn vom Ortsvorsteher heiratet die Tochter vom Überwasserbauern."

„Ja, da scheinen sich wohl die größten Geldbörsen getroffen zu haben", kommentiert der Fremde das Ereignis.

„Ach, was Sie schon zu sagen haben. Sind Sie etwa einer dieser Herrschaften, die uns mit irgendwelchem revolutionärem Gerede kommen will? Das nehmen Sie man schnell wieder mit. Das brauchen wir hier nicht."

„Gemach, gemach. So sagen Sie mir doch, guter Mann, was das besondere an dieser Hochzeit ist?" lenkt der Fremde ein.

„Na, wann hat denn mal ein Kaufmannssohn eine Bauerntochter geheiratet? So was gibt's doch nicht. Und jetzt gleich der wichtigste Kaufmann mit dem ältesten Bauerngeschlecht", wird dem Fremden die Sachlage mitgeteilt.

„Gut, das ist wirklich eine historische Angelegenheit", meint der Fremde etwas zweideutig.

Auf diesen achtet jetzt aber niemand, da gerade die beiden Väter des Brautpaares die Kirche verlassen. Ihnen folgen die Familienangehörigen und Freunde. Mit einem kleinen Abstand folgen die Messdiener und Geistlichen – und danach das Brautpaar Martina und Anton. Hochrufe und Jubel begleitet sie bei ihrem Weg zur geschmückten Kutsche. Die Musiker haben ihre Musik geändert, jetzt stimmen sie lustige Weisen an und geben damit die allgemeine Stimmung wieder. Der Einstieg in die Kutschen lässt den ganzen Ablauf doch um einiges verzögern. Das Brautpaar, in seiner Kutsche sitzend, lässt dies in aller Ruhe über sich ergehen. Ganz wie hohe Herrschaften winken sie sogar den Umstehenden zu.

In diesem ganzen Durcheinander hat niemand ein näher kommendes Geräusch vernommen.

Es kommt von der Chaussee nach Münster herüber. Zuerst ganz leise, von den Hochrufen auf das Brautpaar überdeckt, dann langsam lauter werdend. Als die Ankommenden zwischen die ersten Häuser gelangen, werfen die Fassaden die Schallwellen zurück und der Ton trägt sie weiter. Aber dies hört auch noch niemand.

Die Ersten horchen auf, als die Brücke bei Schöneflieth unter den Hufen vieler Pferde dröhnt.

„Erwarten wir noch Gäste? Da scheint ja eine ganze Husarenabteilung auf der Brücke zu reiten", meint Anton zu Martina.

„Du hast doch nicht den ganzen Stab vom Blücher eingeladen, werter Ehemann", antwortet Martina.

„Ne, der kann nicht kommen, der muss nach Berlin zurück", klärt Anton sie auf.

Das Geräusch von Hufgeklapper wird immer lauter. Die Reiter sind jetzt schon auf der Hauptstraße, denn der Ton bricht sich jetzt noch deutlicher an den Hauswänden und gibt ein kleines Echo. Langsam schauen sich die Hinteren der Zaungäste um, damit sie sehen was denn dort kommt. Falls es etwas feindliches wäre, für eine Flucht ist es zu spät.

Fast alle Köpfe haben sich in Richtung auf die Hauptstraße gedreht. So einen Lärm hat es selten in Greven gegeben. Kindergeschrei oder Wagengeklapper, auch einzelne Reiter, oder zwei Kutscher, die sich lauthals um die Vorfahrt streiten, das schon, aber nicht diese geschlossene Lautstärke.

Es sind Reiter, die geschlossen reiten. Kavallerie! Jetzt biegen sie um die Ecke auf den Marktplatz ein. Vorne weg, in Paradeuniform, General von Blücher, gefolgt von seinem Stab und vielen weiteren Offizieren. Er reitet direkt auf die Kutschen zu. Die Zuschauer gehen auseinander, um Ihm den Weg frei zu machen. Der Rest seiner Eskorte hält auf dem Marktplatz und blockiert auch die Hauptstraße.

„Werter Herr Barkenstein ... ", Blücher stoppt vor Barkensteins Kutsche, in der sich der Hausherr aufgerichtet hat. „ ... konnte doch nicht Ihren wichtigsten Tag verpassen. Bin deshalb direkt von Münster gekommen, aber schon auf dem Weg nach Berlin."

„Herr General, ich fühle mich sehr geehrt über Ihre Aufmerksamkeit. Eine schönere Freude hätten sich mir nicht machen können."

„Bitte schön Herr Barkenstein. Und das ist unser Brautpaar? Die beiden musste ich mir unbedingt anschauen. Dann machen Sie es man gut mit der jungen Liebe", wendet sich Blücher an die beiden Frischvermählten in ihrer Kutsche.

„Danke! Herr General", antworten Martina und Anton gemeinsam, wie auf Kommando.

„Unserer Armee haben Sie ja einige Gelder erspart und einer zwielichtigen Person sein Gewerbe verdorben. Dafür nochmals unser Dank", gibt sich Blücher offiziell.

„Das ist doch gerne geschehen und etwas Spannung war auch dabei. Viel Aufregung für ein Dorf wie Greven", antwortet Anton spontan auf Blüchers Dank.

„Damit ist jetzt aber Schluss! Bereiten Sie ihren Eltern bloß keine Enttäuschungen", mahnt Blücher mit einem Augenzwinkern.

„Herr General, für Standpauken und ähnliches bin doch wohl eher ich zuständig!" mischt sich freundlich lachend der alte Barkenstein in das Gespräch ein. „Außerdem ist heute Hochzeit, da wollen wir feiern und lustig sein. Für Ernstes ist ab morgen noch Zeit genug."

„Stimmt Herr Barkenstein, da ist mir der General mit seiner Vorsorge für die Soldaten durch gegangen. Aber eins noch, bevor ich mich mit meinen Leuten entfernen muss: Wenn Sie nach Berlin kommen, besuchen sie mich. Das ist ein Befehl", beendet Blücher mit einem Lachen das Gespräch.

„Aber wo finden wir Sie denn in Berlin", reagiert Anton schnell auf Blüchers Angebot.

„Aber Junge, das ist doch ganz einfach, jeder Straßenjunge in Berlin kennt meine Adresse ... einfach fragen, das klappt ganz bestimmt!", ruft Blücher über seine Schulter den beiden Verliebten in ihrer Kutsche zu. Unter lautem Hufgeklapper und eine Staubwolke hinter sich lassend, entfernen sich General Blücher und seine Begleiter nach Osten, in Richtung Berlin, aus Greven. Auf dem Weg, den sie vor Monaten nahmen, als sie am Hause Barkenstein in Greven ankamen und diese kleine Geschichte ihren Anfang nahm.

Ende

Strassenverlauf von Greven um 1800

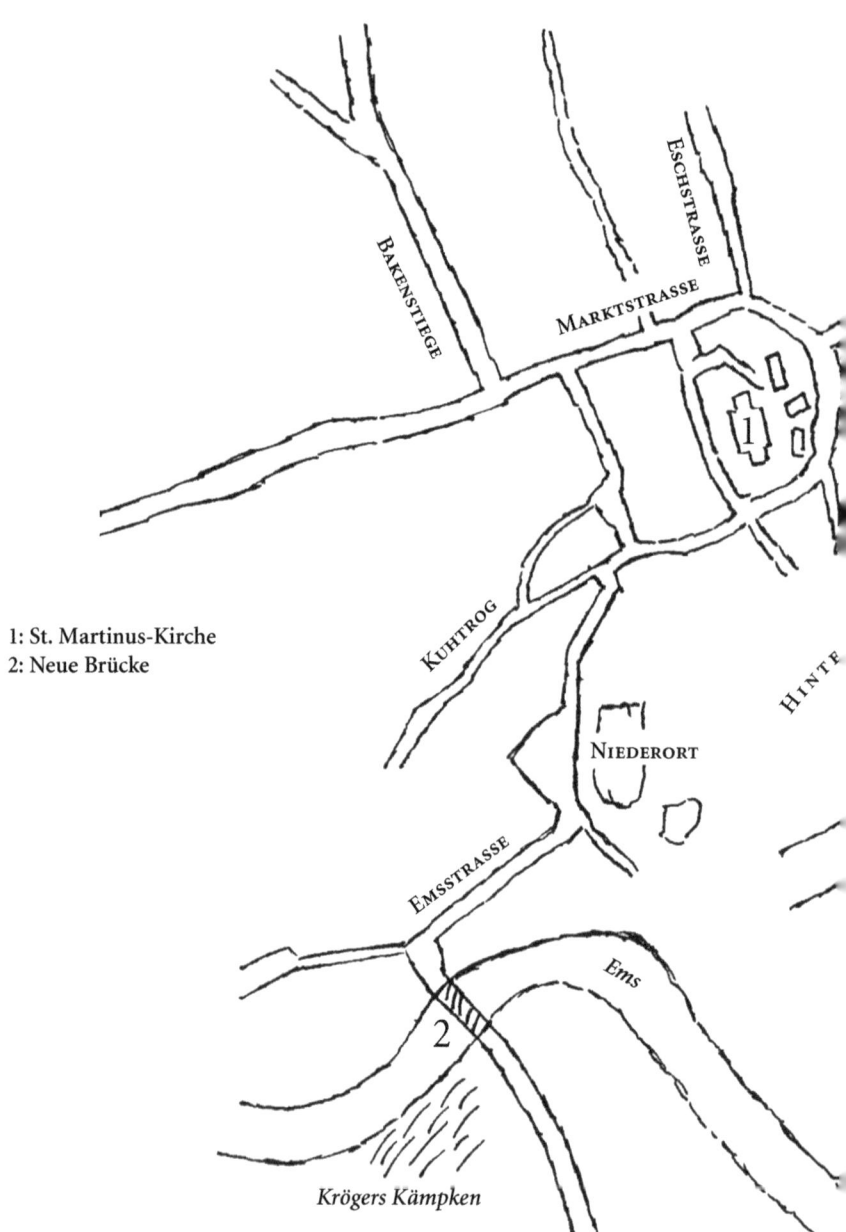

1: St. Martinus-Kirche
2: Neue Brücke

BAKENSTIEGE

ESCHSTRASSE

MARKTSTRASSE

KUHTROG

HINTE

NIEDERORT

EMSSTRASSE

Ems

2

Krögers Kämpken

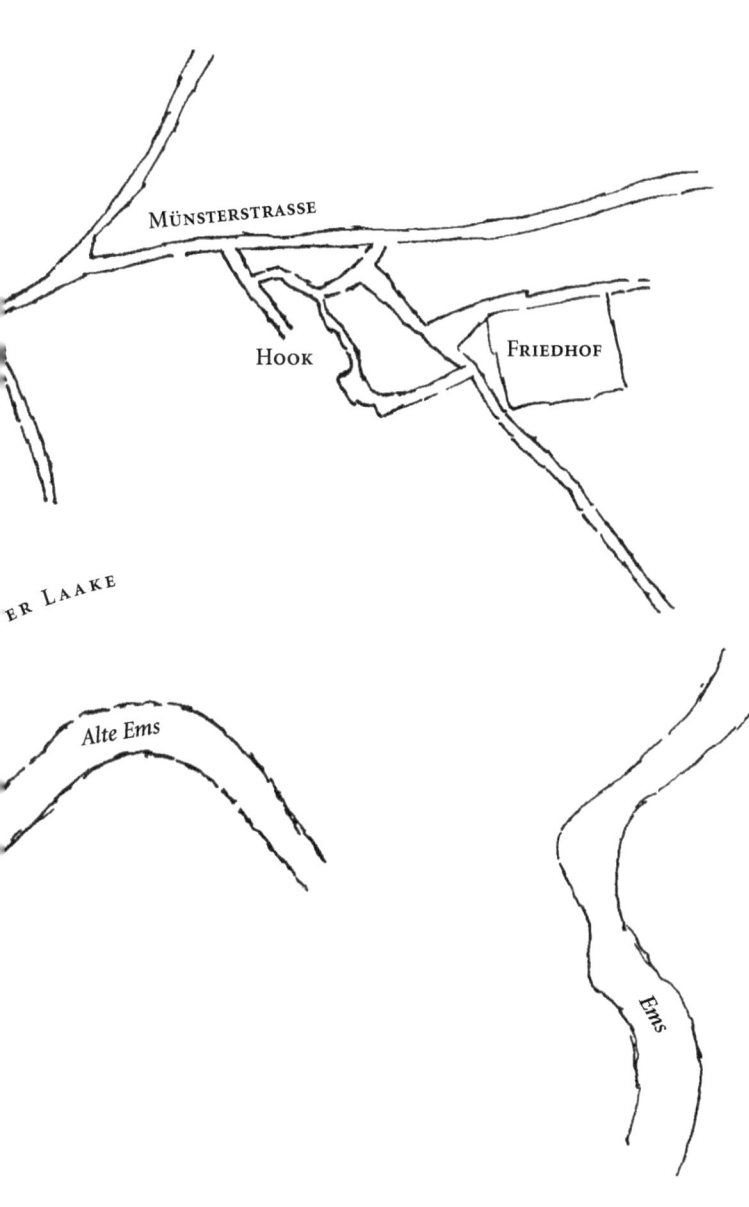

DANKSAGUNG

Mein besonderer Dank gilt
Alexander Mühl,
Grafiker aus München
und
Herbert Uhde,
ohne die dieses Buch
nicht entstanden wäre.